ESTE DIARIO PERTENECE A:

Nikki J. Maxwell

PRIVADO Y CONFIDENCIAL

SE RECOMPENSARÁ
su devolución en caso de extravío

(¡¡PROHIBIDO CURIOSEAR!! ☹)

Russell

diario de NIKKI.8

ÉRASE UNA VEZ UNA PRINCESA ALGO DESAFORTUNADA

RBA

Título original: *Tales from a NOT-SO-Happyly Ever After*

Publicado por acuerdo con Aladdin, un sello de Simon & Schuster Children's Publishing Division, 1230 Avenue of the Americas, Nueva York NY (USA)

© del texto y las ilustraciones, Rachel Renée Russell, 2014.

© de la traducción, Isabel Llasat Botija, 2015.

Diseño: Lisa Vega

Maquetación y diagramación: Anglofort, S. A.

© de esta edición, RBA Libros, S. A., 2015.

Avenida Diagonal, 189. 08018 Barcelona

www.rbalibros.com

rba-libros@rba.es

Primera edición: octubre de 2015.

Segunda edición: noviembre de 2015.

Ref: MONL323

ISBN: 978-84-272-0945-9

Depósito legal: B.19.447-2015

Impreso en España – Printed in Spain

A mis fans PEDORREICAS
de todo el mundo:
¡siempre hay un Final Feliz
para quien persigue sus sueños!

CASA DE LA BRUJA
BUENA DEL NORTE

CASTILLO DE LA
REINA DE CORAZONES

CUARTEL
GENERAL
DE LAS HADAS

CASA DE LA
BRUJA MALA
DEL OESTE

¡AAAAAAAAAAHHH! ¡¡☹!!

(¡Esa era yo tirándome de los pelos!)

¡No es posible que me haya VUELTO a quedar dormida! ¡Llegaré tarde al insti! ¡¡¿Que POR QUÉ?!! Porque la pesada de mi hermana Brianna ¡entra en mi cuarto mientras duermo y me roba el despertador!

Lleva unos días poniéndose mi despertador superpronto para prepararse un bocadillo para el cole de mantequilla de cacahuete y pepinillo. ¡SÍ! ¡Brianna le añade PEPINILLOS a la mantequilla de cacahuete!

No sé qué es más REPUGNANTE, ¡si Brianna o su asqueroso sándwich!

Total, tengo tres minutos para ducha, pelo, dientes, ropa, mochila, desayuno, brillo de labios ¡y SALIR!

Te cuento cómo ha empezado este día PATÉTICO...

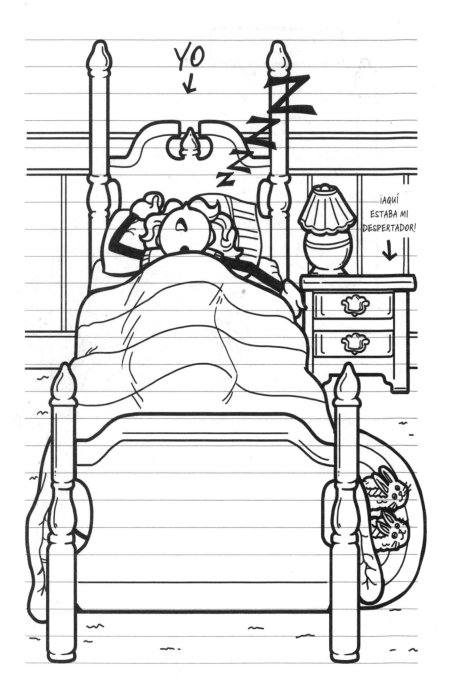

2

3

¡¡RRRRRRRRR!!

¡HOP!
¡HOP!

<u>¡¡MADRE MÍA!!</u> ¡Me he vestido para ir al insti en dos minutos sesenta segundos! ¡Seguro que es un <u>NUEVO</u> récord del mundo de correr para ir al cole!

Hoy he decidido estrenar el jersey nuevo que tiene esos flecos tan guays. Me pasé DOS meses ahorrando para poder comprarlo en SWEET 16, la tienda más de moda del centro comercial.

Esta mañana está claro que ha habido de todo, de lo BUENO y de lo MALO.

¿Lo BUENO...?

¡Mi día había empezado de una forma tan HORRIBLE que estaba SEGURA de que era IMPOSIBLE que las cosas se pusieran PEOR ☺!

¿Lo MALO...?

¡Estaba EQUIVOCADA respecto a lo BUENO!

¡Madre mía! ¡¡Estaba tan ENFADADA con Brianna por robarme el despertador que prácticamente me salía humo por las OREJAS!!

Quería meterla en una caja y enviarla a la isla de la Princesa Hada de Azúcar para que trabajara de recogecacas de todos esos bebés unicornio tan monos que tanto quiere.

"¡Brianna! ¡¿Me has vuelto a coger el despertador?!", le he gritado. "Si llego tarde al insti, ¡será culpa TUYA!".

"Yo no he cogido el despertador. ¡Ha sido la señorita Penélope! ¡Piensa que necesitas muchas más HORAS DE SUEÑO! ¿Te has mirado al espejo últimamente?", ha dicho Brianna sacándome la lengua.

"¡¿La señorita Penélope PIENSA que yo necesito dormir más?! Siento decirte que NO puede pensar. ¡No tiene CEREBRO! ¡Es tu mano pintada!", le he contestado.

"¡SÍ que tiene cerebro!", ha gritado. "Dice que ella puede ir a la escuela de muñecas para ser más lista, pero que TÚ tendrías que ir al programa de la tele Por tu cara fea no te conocerán!"

Yo he pensado: ¿pero cómo SE ATREVE? ¡¡¡☹!!! ¡¡NO podía creer que la señorita Penélope se metiera tanto conmigo!! A ELLA sí que no la van a conocer por su cara... ¡¡cuando yo le haya pintado un bigote con rotulador!! ¡A ver entonces quién tiene la CARA más fea, si ELLA o YO!

Total, que Brianna estaba en la mesa de la cocina, guarreando con la mantequilla de cacahuete, la jalea y los pepinillos para su asqueroso sándwich...

BRIANNA, PREPARANDO SU SÁNDWICH
ESPECIALMENTE ASQUEROSO

"¿Quieres que te prepare otro para ti, Nikki? ¡Está para chuparse los dedos! ¡PRUEBA!", ha dicho Brianna, plantándome el sándwich en la cara.

Estaba todo pegajoso y goteaba...

¡PUAJ! OLÍA aún peor de lo que pintaba.
A mantequilla de cacahuete, jalea y, er... ¡zumo
de pepinillo rancio! ¡☹!

"Er... ¡no, gracias!", he balbuceado, a punto
de vomitar.

"¡Venga, un mordisquito!", ha insistido Brianna,
agitando el sándwich bajo mis narices. "¡Te va
a ENCANTAR!".

"¡Que no, Brianna! ¡Si es que ya no tengo nada
de hambre! ¡¡Con solo mirar tu sándwich he perdido
POR COMPLETO el apetito!!".

"¿Estás SEGURA? ¡Está buenísimo!", ha dicho
riendo.

He puesto cara de paciencia infinita.

¡¿Tan difícil era entender la palabra "NO"?!

Quizá si le hubiera dicho: "Mira, Brianna,
te lo explico...".

Este se encontró el PAN
este, la MANTEQUILLA

este JALEA trajo
este, otra COSILLA

solo el pícaro GORDO

lo probó con un PALILLO
pero se DESMAYÓ
¡al ver que era PEPINILLO! ¡¡¡☹!!!

En fin, el caso es que Brianna se ha ido hacia
la nevera a por un zumo y yo he cogido mis cosas
para dirigirme hacia la puerta, cuando de repente
me ha atacado como un bebé rinoceronte furioso
y con coletas.

¿Te puedes creer que me acusaba a MÍ de robarle
el sándwich?

Y ahí han empezado los gritos...

¡¡BRIANNA, ACUSÁNDOME DE ROBARLE SU SÁNDWICH ULTRARREPUGNANTE!!

17

"¡Mi sándwich no está! ¡Me lo has robado!".

"¡Brianna! ¡Ni a mi PEOR ENEMIGO le haría comer un sándwich tan nauseabundo!".

Y por peor enemigo me refiero a gente como... bueno, ya sabes...

¡MACKENZIE HOLLISTER! ¡¡☹!!

La verdad es que, ahora que lo pienso, puede que SÍ que le hiciera comer ese sándwich a mi peor enemiga.

De hecho, ¡me ENCANTARÍA hacérselo tragar!

¡Es broma! ¡☺!

O no. ¡¡☹!!

¡Vaale, sí, es broma! ¡☺!

Yo intento ser simpática y llevarme bien con TODO EL MUNDO en el insti. Pero, no sé por qué, Mackenzie ¡¡ME ODIA A MUERTE!!

Total, que cuando por fin he podido salir hacia el insti, he dejado a Brianna preparándose otro sándwich.

La verdad es que, cuanto mayor se hace, más PESADA se vuelve.

Creo que ha llegado la hora de que tenga una conversación seria con mis padres sobre sus competencias parentales.

¿QUE POR QUÉ?

Porque estoy hasta el MOÑO de que Brianna...

1. Me coja las cosas sin permiso (p. ej., el despertador).

2. Me robe el móvil para jugar con juegos de la Princesa Hada de Azúcar y me gaste la batería.

3. Me despierte en mitad de la noche para que la acompañe al baño y lo haga saltando sobre mi cama (cuando yo aún estoy dentro ¡¡☺!!)...

¡¡BRIANNA, DESPERTÁNDOME
DE FORMA MUY POCO DELICADA!!

Mis padres tienen que buscar ayuda profesional para Brianna antes de que sea demasiado tarde.

¡A ella se lo permiten TODO! Pero, cuando yo pido algo, ¡la respuesta siempre es un rotundo "NO"!

Tenía muchas ganas de ir al refugio para animales Fuzzy Friends con mi amor secreto Brandon.

¡Pero mi madre me ha dicho que no podía!

¡¡¿QUE POR QUÉ?!! ¡Porque tenía que cuidar de BRIANNA!

¡TÍPICO! ¡¡☹!!

Para mí era especialmente importante porque habría sido la primera vez que estoy con Brandon desde..., bueno, ¡¡ya sabes!!

¡¡¡Mi primer BESO!!! ¡¡¡YAJUUUUUU!!! ¡¡☺!!

¡Madre mía! ¡Me quedé de piedra cuando pasó lo que pasó! ¡Pensé que me DABA ALGO!

¡Fue TAN romántico!

Pero me pasé todo el tiempo con los ojos abiertos y casi salidos de las órbitas.

Y, cuando todo había pasado, ¡empecé a hiperventilar!

Casi.

Lo único malo del beso es que pasó en un acto benéfico que montamos para recaudar dinero para unos niños. Y ahora no sé si Brandon lo hizo porque le gusto de verdad o porque quería salvar a todos los niños necesitados del mundo.

Pero bueno, ahora, gracias a la LOCA de mi hermana, estoy megaestresada y con los nervios destrozados.

¡Y ni siquiera he empezado el día en el insti!

RECORDATORIO: ¡¡Buscar una hermana NUEVA!!

¡¡☹!!

Sorprendentemente, y para mi alivio, he llegado
al insti a tiempo.

A pesar del patético comienzo, había decidido
que el resto del día me iba a ir muy bien.

Es verdad que me ha sorprendido que mi nuevo jersey
llamara TANTO la atención.

Mientras recorría el pasillo, casi TODO EL MUNDO
se paraba a mirarme. ¡Hasta los CHICOS!

¡¡Y no te lo pierdas!! Algunas de las chicas GPS
(Guapas, Simpáticas y Populares) incluso han sonreído,
me han señalado y han cuchicheado entre ellas.

Estaba claro que ¡les ENCANTABA mi nuevo jersey!

Me he sentido como una modelo caminando
por la pasarela, como mínimo.

TODO EL MUNDO MIRÁNDOME Y SEÑALÁNDOME
MIENTRAS YO ME PAVONEABA POR EL PASILLO

Yo iba en plan: "¡O sea, hola! ¡¡Siento daros tanta ENVIDIA con mi jersey ESTUPENDO!!". Pero solo lo he dicho en el interior de mi cabeza y nadie más lo ha oído.

Al llegar a mi taquilla, he guardado las cosas y he cogido el diario para escribir una nota rápida.

¡Estaba TAN contenta con mi vida! ¡☺!

Ya ni seguía enfadada con Brianna. En el fondo, SOLO es una niña. Cuando yo era como ella, era MUCHO más pesada.

De pronto he notado que MacKenzie me miraba como si fuera una ARDILLA de dos cabezas o algo por el estilo. Pero la he ignorado, como siempre.

Y va entonces y grita: "¡OH, CIELOS, NIKKI! ¡¡¿DÓNDE HAS ENCONTRADO ESE JERSEY?!!".

¡Menuda pregunta más IDIOTA! ¡Esa chica tiene el cociente intelectual de un chicle masticado...!

MACKENZIE   CHICLE

La he fulminado con la mirada y he dicho despacio: "En una TIENDA. ¿Sabes esos sitios donde venden cosas, como tu PELO y tu BRONCEADO?".

Era evidente que MacKenzie SE MORÍA de envidia ante mi nuevo jersey estupendo.

Y que no podía hacerse a la idea de que MI ropa fuera MÁS BONITA que la que SUYA.

Ha señalado con el dedo y ha dicho con una risita...

"ER... NIKKI, ¿ESTÁS INTENTANDO CREAR UNA MODA? ¿O ES QUE HAS VUELTO A REBUSCAR COMIDA EN LA BASURA?"

He bajado la vista hacia el jersey (por fin). Tenía totalmente pegado...

¡¡El sándwich de Brianna!! ¡¡☹!!

¡¡Me he quedado tan HORRORIZADA que el diario se me ha caído de las manos!!

Ahora entendía por qué me miraba tanto la gente. No estaban ADMIRANDO mi jersey nuevo.

En ese momento me he dado cuenta de que MacKenzie y prácticamente TODOS los que estaban en el pasillo me señalaban y se reían de mí.

Como si fuera...

¡un MONSTRUO o algo parecido!

MacKenzie me ha mirado y ha soltado: "Nikki, me encanta tu jersey empanado, pero ¡vigila que no acabes con HORMIGAS en la BARRIGA!".

¡Y todos se han reído aún más!

¡NO podía creer que aquello me estuviera pasando a mí!

Me he quedado allí plantada, boquiabierta.

Creo que esperaba alguna inspiración mágica
que me diera una respuesta SUPERocurrente
para MacKenzie.

Pero no se me ocurría absolutamente nada
que decirle.

Así que solo he mascullado: "¡Paso!".

¡MADRE MÍA! ¡Me he sentido TAN humillada!

Y muerta de vergüenza.

Y... ¡TONTA!

Tragándome las lágrimas, he recogido mi diario
del suelo y lo he guardado en la mochila.

Luego he cerrado la taquilla de un portazo y me he
ido corriendo por el pasillo.

¡¡☹!!

¡¡¡AAAAAAAAHHH!!!

(¡Esa era yo tirándome de los pelos! ¡OTRA VEZ!
¡¡☹!!)

¡¡He tenido la PEOR MAÑANA DE MI VIDA!!
Y ahora mismo estoy escondida en el baño de chicas.

¡Sigo sin DIGERIR la enorme VERGÜENZA que he
pasado con MacKenzie! ¡Y con el sándwich de Brianna!

La única explicación lógica es que el sándwich se haya
quedado pegado a mi chaqueta cuando la he tirado
sobre la mesa esta mañana.

Y después, cuando me la he puesto, el sándwich se
habrá quedado pegado no sé cómo al jersey. ¡¡Como
una criatura ALIENÍGENA viscosa y pegajosa!!

¡¡Quería salir corriendo hasta el ambulatorio más
cercano para SUPLICAR a los médicos que me
hicieran otro tratamiento de vida o muerte!!

"¡NECESITO UNA OPERACIÓN URGENTE PARA DESINCRUSTAR ESTE SÁNDWICH, POR FAVOR!"

Brianna tenía razón: ¡yo le había ROBADO el sándwich!

¡Sin querer! ¡☹!

Total, que ahora estoy en el baño desesperada, intentando sacar todas las manchas del jersey.

¡Pero es imposible!

Parezco uno de esos HORRIBLES cuadros que Brianna pinta con los dedos.

Porque ahora estoy completamente cubierta de:

1. manchas marrones de mantequilla de cacahuete,

2. manchas moradas de mermelada,

3. manchas blancas de espuma de jabón,

y

4. manchas verde fosforito de jabón del cuarto de baño de chicas.

YO, MIRÁNDOME EN EL ESPEJO
Y SUFRIENDO UN ATAQUE DE DEPRE TOTAL
POR LAS MANCHAS DE MI JERSEY

¡Madre mía! Era como si alguien hubiera ENGULLIDO en la cafetería un desayuno de atún guisado con tomate, guisantes, tarta de arándanos y batido de chocolate.

¡¡Y luego lo hubiera VOMITADO todo sobre mi jersey!!

¡DOS VECES! ¡¡☹!!

¡Me sentía megaFATAL!

De repente, me han empezado a caer gruesos lagrimones por las mejillas.

¡Pero no era porque estuviera SUPERtriste (que lo ESTABA)!

Era porque me picaban los ojos por el aroma avinagrado de los pepinillos. Y, encima, al añadir agua, aquella peste nauseabunda se había multiplicado por diez.

¡Y entonces sí que me he puesto a llorar de verdad!

¡Todo el instituto se debe de estar RIENDO de mí!

Mi jersey favorito (¡¡para el que había ahorrado durante DOS meses enteros!!) estaba ¡¡¡PARA TIRAR!!!

¡¡¡Y yo parecía un PEPINILLO AVINAGRADO y echaba un tufo que tumbaba!!!

¡Y TODO por culpa de Brianna! Bueno, casi todo.

Porque la verdad es que ya no sé quién me hace sentir más desgraciada, ¡si MACKENZIE o BRIANNA!

Menos mal que llevaba mi perfume Diva Divina. Gasté casi la mitad del espray.

Ahora huelo a... (¡SNIF! ¡SNIF!)...

¡¡A PEPINILLO marinado en perfume Diva Divina!!

¡¡GENIAL!! ¡¡☹!!

Perdona, Brianna, pero empiezo a desear... ¡que no hubieras nacido!

¡¡☹!!

En clase de lengua, me he acurrucado en mi silla
para ver si me podía esconder detrás del libro.
Solo me faltaba que toda la clase viera mi jersey
y sus manchas horribles.

Enseguida ha entrado la profa tambaleándose bajo
un libraco enorme de casi un palmo de grueso.

Lo ha dejado caer sobre su mesa con gran estruendo.
¡PLOF!

Los que estaban en la primera fila se han puesto a
toser y a dispersar con las manos la nube de polvo
que se había formado.

¡Aquel libro olía a moho, palitos de pescado
y calcetines de deporte sudados!

¡Olía aún PEOR de lo que yo me encontraba!

Lo que no dejaba de ser una coincidencia.

"¡Buenos días a todos!", ha saludado alegremente.
"En lugar de hablar del uso del simbolismo en la
novela *Las uvas de la ira* tal como tenía previsto, hoy
vamos a divertirnos, así que ya podéis ir guardando
vuestros libros".

Todo el mundo ha tirado corriendo al suelo
su ejemplar de *Las uvas de la ira*, yo también.

La profa ha seguido hablando.

"Ayer cuando estaba limpiando el desván de mi casa
encontré este tesoro alucinante", ha exclamado.
"Este libro de cuentos había sido de mi abuela y era
mi favorito cuando yo era pequeña. Los cuentos
de hadas son un género literario muy entretenido
y fascinante".

Ha tomado el enorme libro entre sus manos
y ha soplado el polvo que tenía en la tapa.

Luego lo ha alzado para que lo viera bien toda
la clase...

LA PROFA DE LENGUA, PRESUMIENDO DE SU VIEJO Y POLVORIENTO LIBRO DE CUENTOS

"Pues bien, ¡este libro me ha dado la idea para un nuevo PROYECTO de escritura creativa!", ha explicado.

Toda la clase ha protestado. Yo también.

"¡Venga, no os quejéis! ¡Ya veréis cómo os divertís!
Sacad los cuadernos".

He sacado mi cuaderno de lengua y he buscado
alguna página que no estuviera llena de dibujos.

"¡Quiero que reescribáis el cuento de hadas que más
os guste dándole vuestro giro personal a la historia!
Será para mañana al final de la clase. Para ir
calentando vuestras neuronas literarias empezaremos
con algunos ejercicios de escritura creativa".

"Un cuento de hadas es una historia de ficción basada
en hadas, duendes, elfos, troles, brujas, gigantes y
animales que hablan. Son historias surgidas a partir
de tradiciones orales, y las hay muy parecidas en
distintas culturas del mundo".

"En todos los cuentos de hadas hay un o una
protagonista, que suele ser alguien bueno. Muchas
veces son miembros de la realeza, como príncipes
y princesas o reyes y reinas. Ahora, para vuestro
ejercicio de escritura creativa, quiero que durante
los próximos diez minutos llenéis vuestros cuadernos

con ideas sobre cómo sería vuestro o vuestra protagonista".

La profa ha seguido: "En todos los cuentos de hadas sale también alguien malo, el antagonista, que intenta hacer daño al personaje bueno. Esto crea el conflicto que va marcando la historia. Ahora quiero que llenéis la hoja con ideas sobre vuestro malvado o malvada..."

"Por último, siempre hay algo mágico o deseos concedidos. Llenad otra página con ideas...".

Podía desear que Brianna no hubiera nacido nunca. Pero, como me había quedado sin desayunar, estaba ¡muerta de HAMBRE! Así que ¡DESEÉ algo de COMER!

"¡Empecemos! Ahora intentad aprovechar algunas de las ideas que habéis estado recopilando. Quien quiera puede acercarse a mi mesa a mirar el libro de cuentos que he traído".

La verdad es que esos ejercicios habían sido muy divertidos. ¡Se me han ocurrido cientos de ideas! Pero luego no había forma de sacar una historia.

He mirado a mi alrededor y toda la clase estaba superemocionada. Todos comentaban sus ideas para los cuentos de hadas.

En teoría, nuestras cabezas debían de echar humo, ¡pero la mía solo echaba pedos! No salía nada de nada de ella.

¡Yo que me creía una escritora creativa y con talento! ¡Pero si me paso el día escribiendo en mi diario!

Pero este proyecto SUPERfácil y sin normas me estaba produciendo una terrible ansiedad.

Por eso he ido a mirar el libro de cuentos de hadas a ver si sacaba alguna idea.

¡La profa tenía razón! Su libro era bastante ALUCINANTE...

¡YO, TOTALMENTE PERDIDA EN EL FASCINANTE MUNDO DE LOS CUENTOS DE HADAS!

Al final de la clase, todo el mundo estaba escribiendo un montón... ¡menos YO! ¡☹!

Me había pasado la hora entera inmersa en una apasionante aventura de cuento de hadas.

Leer aquellas lacrimógenas historias de amor y aquellas aventuras tan emocionantes me ayudaba a escapar de MI propia existencia tan RUTINARIA y PATÉTICA.

Pero seguía sin saber qué escribir. Y he salido del aula más frustrada y desanimada que nunca.

Me he arrastrado hasta la clase de francés, abrazada a mis libros a ver si así tapaba las horribles manchas del jersey.

Pero la gente seguía señalándome entre risitas.

Ahora mismo me siento ¡FATAL! ¡A veces me gustaría poder agitar una varita mágica y desaparecer!

Después de francés y sociales, he vuelto a mi taquilla para esperar a mis BFF, Chloe y Zoey.

Quedamos allí cada día para ir juntas a clase de educación física. De pronto ha aparecido Brandon que venía corriendo hacia mí.

"¡Hola, Nikki! Llevo toda la mañana buscándote. ¿No has visto mis mensajes? Es que... ¡HUALA! ¡¿Qué le ha pasado a tu jersey?!".

"Hola, Brandon. No es nada, un pequeño accidente. Con un sándwich. Pero estoy bien. ¿Dices que me has enviado un mensaje?".

"Sí. Uno no, tres. ¡Eran bastante importantes! El campamento de periodismo al que voy este verano tiene una plaza para alguien que dibuje cómics. Supongo que habrá cancelado la suya alguien de otro centro".

"¿Ah, sí? Pinta, er... interesante", le he dicho haciéndome un poco la chula.

47

BRANDON Y YO, COMENTANDO LO DE IR JUNTOS AL CAMPAMENTO DE VERANO ¡¡☺!!

Pero en el fondo más profundo de mi alma, estaba gritando como una loca...

¡MADRE MÍA! ¡MADRE MÍA! ME MUERO SOLO DE PENSAR QUE PODRÍA PASAR TODO EL VERANO

EN UN CAMPAMENTO AL LADO DE BRANDON, DANDO PASEOS LARGOS Y ROMÁNTICOS POR EL BOSQUE, LOS DOS DE LA MANO, MIRÁNDONOS A LOS OJOS SIN RESPIRAR ¡¡MIENTRAS NOS COMEN VIVOS LOS MOSQUITOS!! ¡YAJUUUUU! ¡¡☺!!

"Nikki, al señor Zimmerman le gustaría publicar una tira cómica en el periódico del insti. Y está dispuesto a pagarte a ti o a MacKenzie la estancia en el campamento, porque las dos tenéis talento. Total, que espero que la que se ha apuntado hayas sido TÚ, porque parece que la plaza ya está cog...".

"Espera, Brandon, déjame mirar el móvil, porque, ahora que lo pienso, no he recibido NADA de NADIE en toda la mañana, y eso es MUY raro".

Al sacar mi móvil para comprobar las llamadas y los mensajes, Brandon se ha quedado mirándolo alucinado.

"¡Anda! ¿Dónde has comprado esa funda? La verdad es que es muy, er... ¡original!", ha dicho.

"Pues la compré el mes pasado en el centro comercial".

BRANDON, PREGUNTÁNDOSE
QUÉ LE PASA A MI MÓVIL

Pero cuando he intentado recuperar los mensajes que me había enviado Brandon he tenido dos pequeños problemas...

Uno: ¡no tenía batería! Seguro que Brianna había estado jugando a los juegos de la Princesa Hada de Azúcar sin mi permiso. ¡OTRA VEZ! ¡¡☹!!

Dos: ¡casi me explotan los ojos de la IMPRESIÓN que me ha causado el espantoso autorretrato que había hecho en mi MÓVIL con un rotulador negro! ¡¡¡☹!!!

AUTORRETRATO DE BRIANNA

YO, FLIPANDO AL VER LO QUE BRIANNA HABÍA HECHO A MI POBRE MÓVIL

Pero lo más triste de todo es que, como no me
han llegado los mensajes de Brandon, seguro que
la que acaba pasando el verano en el campamento
con él, mientras les comen vivos los mosquitos,
¡es MacKenzie y no YO! ¡¡☹!!

¡Estaba HECHA POLVO! Y a Brandon
también se le veía bastante agobiado por el tema.

Aunque tenía ganas de llorar (¡OTRA VEZ!), me
he estampado una sonrisa falsa en la cara y le he
agradecido mucho que me enviara la info sobre el
campamento, a pesar de que no haya podido leerla
porque no tenía batería.

Se ha encogido de hombros y se ha metido las manos
en los bolsillos. "¡Qué le vamos a hacer! Siempre
queda el año que viene. Bueno, nos vemos en bio".

"Claro. Y gracias otra vez", le he dicho mientras
se alejaba por el pasillo.

He suspirado frustrada y me he dejado caer contra
mi taquilla.

Está visto que voy a tener un día
¡peor que PATÉTICO!

¡Megapatético!

¡¡No sé cuánto más voy a poder
AGUANTAR!!

¡¡☹!!

¡Buenas noticias! Al final se me ha ocurrido un plan
brillante para resolver lo del jersey manchado.

Cuando acabe educación física, iré a secretaría
y llamaré a mi madre para que venga a buscarme.

En casa me daré una ducha rápida para dejar de oler
a Diva Divina avinagrada.

Luego, cambiada de ropa, ¡enterraré el jersey
en el patio trasero!

Si me doy prisa, aún me dará tiempo de volver al
insti para ir a bio y ver a Brandon. ¡☺!

Hay algo que tengo muy claro: ¡no sé cómo sobreviviría
aquí sin mis BFF, Chloe y Zoey!

Por mal que me sienta, siempre logran hacerme reír
y animarme. Hoy por ejemplo.

Cuando les he contado todo mi drama con Brianna, MacKenzie y Brandon y les he enseñado el jersey arruinado y la funda de mi teléfono pintarrajeada, se han quedado horrorizadas.

¡YO, ENSEÑANDO A MIS BFF HORRORIZADAS
MI JERSEY ARRUINADO
Y MI MÓVIL PINTARRAJEADO!

Chloe ha dicho: "¡Madre mía, Nikki! ¡Qué mala suerte! ¡Qué MAL me sabe por ti!".

Y Zoey ha dicho: "'Cuando las cosas van mal, nos consuela la idea de que siempre podrían ir PEOR. Y, cuando van peor, nos anima pensar que de tan mal que van ahora ya solo pueden ir MEJOR'. Palabras de Malcolm S. Forbes".

¡Y las dos me han abrazado muy fuerte!

Por eso ahora me encuentro mucho mejor.

¡¡¡Chloe y Zoey son las MEJORES amigas del MUNDO!!!

¡¡☺!!

¡Qué ganas tenía de que terminara la clase de EF para poder ir a casa a cambiarme!

Cuando estábamos acabando los ejercicios de calentamiento, la profa se ha metido en el almacén.

¡Eso solo podía significar una cosa! ¡Que íbamos a hacer alguna actividad con balones!

¡GENIAL! ¡☹!

Saldría del almacén con un balón de baloncesto, fútbol, voleibol, béisbol o incluso de rugby.

Y ¡yo me estaba muriendo de hambre! La única cosa esférica que me apetecía tener cerca era una sabrosa albóndiga o una bola de queso. ¡ÑAMMM!

Por desgracia, mis fantasías gastronómicas se han visto bruscamente interrumpidas cuando la profa ha soplado el silbato y ha anunciado la actividad de EF más ODIOSA del mundo mundial...

58

En cuanto ha puesto a rodar los balones por el suelo del gimnasio, ha empezado el partido. Todos los fortachones se han tirado a por alguno.

Ser la primera persona que eliminan es la máxima humillación.

Todo el mundo te abuchea y te hace el gesto del perdedor mientras te retiras muriéndote de vergüenza hacia las gradas.

¡No estaba dispuesta a que me pasara a mí!

¡¡OTRA VEZ!!

Pero, solo por si acaso, ya me había escondido el diario y un boli dentro de la camiseta para aprovechar el tiempo muerto en las gradas.

Al poco he notado que Jessica me miraba como una serpiente hambrienta mira a un ratón. Y, CLARO, para mi desgracia, ¡tenía un balón en las manos!

De pronto ha arrancado a correr hacia mí.

Me he ido desplazando y esquivando como una profesional el fuego cruzado de balones, hasta que, no sé cómo, Jessica me ha arrinconado en una esquina.

"¡Ya te tengo! ¡A ver adónde vas ahora!".
Ha sonreído. "¡Cómete esto, PEDORRA!".

Ha lanzado el balón contra mí pero en el último segundo me he agachado. Al verlo rebotar contra la pared, se le han puesto los ojos como platos.

"¡Ay, ay!", ha gimoteado, y se ha dado la vuelta deprisa para intentar escapar.

¡Pero el balón le ha dado en todo el trasero!

¡¡ZAS!!

"¡ELIMINADA! ¡ELIMINADA!", ha gritado encantado un chico señalándola.

"¡¡SÍÍ!!", he gritado triunfante mientras bailaba el baile de Snoopy allí mismo.

¡¡La PRIMERA eliminada del partido ha sido Jessica!!

Mientras los demás se metían con ella, yo me he apoyado en la pared para recuperar el aliento. Chloe y Zoey han venido corriendo a chocarme los cinco.

"¡Madre mía!", ha gritado Chloe. "¡Creía que Jessica te iba a dar!".

"Nikki, respira hondo", ha dicho Zoey jadeando. "¡Creo que estás hiperventilando!".

"¡Est... estoy bien!", he contestado sin aire. "¡Pero me ha ido de muy poco! ¡Me veía MUERTA!".

Llevábamos ahí solo unos segundos cuando, de repente, sin que me diera tiempo a gritar "¡¡CUIDADO!!", un grupo de musculitos han empezado a arrojar balones contra nosotras como si fuéramos ositos de peluche gigantes en un puesto de feria.

¡MADRE MÍA! ¡Los balones nos pasaban silbando y soplando aire frío a milímetros de nuestras cabezas!

Chloe, Zoey y yo nos hemos quedado allí PARALIZADAS de miedo...

MIS BFF Y YO, ¡ATRAPADAS!

"¡Chicas, somos tres contra el mundo! Y a mí me parece que ¡no tenemos ESCAPATORIA!", se ha lamentado Chloe.

"¡Venga, chicas! ¡No podemos rendirnos aún!", ha dicho Zoey. "Si actuamos como blancos en movimiento, les costará más acertar. ¡DISPERSÉMONOS! Y, pase lo que pase, ¡NO DEJÉIS DE CORRER!".

Las tres hemos salido corriendo en distintas direcciones, como cucarachas cuando enciendes la luz.

Corríamos en círculos, en zigzag y en remolinos. Y la estrategia estaba funcionando.

Porque el caso es que mis BFF y yo hemos sobrevivido durante el partido, hasta que solo quedábamos nosotras y unos pocos más.

¡NUNCA habíamos durado tanto!

Entonces he empezado a pillarle la gracia. Corríamos, agarrábamos el balón, lo tirábamos y lo esquivábamos como los mejores. ¡Estaba siendo muy divertido!

MIS BFF Y YO, PASÁNDOLO EN GRANDE
JUGANDO AL BALÓN PRISIONERO ¡¡☺!!

Hasta que de repente ha aparecido MacKenzie de la nada y ha gritado...

"¡EH, MAXWELL! ¡CHÚPATE ESTA!"

¡Me ha lanzado el balón con todas sus fuerzas...!

Y entonces...

¡PATAPAF!

¡MADRE MÍA!

¡¡¡Me ha dado en toda la cara!!!

¡Creo que el balón iba a cien kilómetros por hora!

De repente todo estaba borroso y se movía a cámara lenta.

He intentado ir hacia las gradas pero se me han aflojado las piernas. ¡Parecían gelatina!

Algo iba mal.

¡MUY mal!

Las voces de mis BFF sonaban muy, muy lejanas, casi como un eco.

"¡Nikiiiiiiiiii!", gritaba Zoey. "¡Que alguien llame a la profaaaaaa!".

"¡Oh, noooooo!", chillaba Chloe. "¡Se ha hecho dañoooooo! ¡Socorrooooo!".

¡La cabeza no paraba de darme vueltas!

¡Y el gimnasio!

He perdido el equilibrio y he notado que me caía.

Y de pronto, todo se ha vuelto negro.

¡¡☹!!

DESCENSO A LAS TINIEBLAS TENEBROSAS

Cuando por fin he abierto los ojos, estaba sumergida en una oscuridad total.

Estaba totalmente desorientada y sentía un enorme hormigueo en la barriga. Era exactamente la misma sensación que se tiene cuando se monta en una montaña rusa.

De hecho, me daba la sensación de que estaba... ¡¿cayendo?!

¡Sí! ¡¡Era eso!!

¡¡¡AY, MADRE!!!

¡¡¡Me estaba CAYENDO!!!

Y cayendo...

Y cayendo...

¡¡Y cayendo!! ¡¡☹!!

EN ALGÚN LUGAR ¡¡MUY EXTRAÑO!!

De lo único que estaba segura es de que YA NO estaba segura de NADA.

Ya no estaba segura de si en el fondo estaba DESPIERTA y solo CREÍA que estaba SOÑANDO lo de si en el fondo estaba SOÑANDO y solo CREÍA que estaba DESPIERTA!

No estaba segura de qué era realidad y qué era fantasía.

Estaba dormida (creo) cuando de pronto he oído voces.

"¡Apartaos todos! ¡Dejadle aire!", ha dicho la voz de un niño que no he reconocido.

"¿Crees que está viva?", ha preguntado una chica.

"No estoy seguro. A mí me parece bastante muerta. ¡Mira qué piel tan pálida y apagada tiene!", ha contestado otro niño.

Yo he pensado: "Mira, tío, lo siento. Yo no soy como MacKenzie y NO tengo un abono para toda la vida en el salón de bronceado Toma el Sol con Aerosol".

RECORDATORIO: utilizar SIEMPRE colorete y polvos bronceadores. ¡Porque nunca se sabe cuándo te puedes despertar rodeada por un grupo de críticos de belleza aficionados que al verte piensan que estas MUERTA!

"En eso tienes razón", ha dicho otra chica. "¡A mí también me parece que está MUERTA!".

"En fin. ¡Al menos ha tenido la suerte de que la matara la caída Y NO la Bruja Mala del Oeste!", ha dicho el segundo niño.

"¡Eh, ¿por qué no la registramos a ver si lleva chuches?", ha propuesto un tercer niño.

"¡Buena idea!", ha exclamado el primero. "Total... ¡los muertos no pican entre horas! Normalmente".

Vale. ¡Aquella conversación ya empezaba a ser DEMASIADO extraña!

Entonces he abierto los ojos de golpe. Estaba completamente rodeada por un grupo de caras borrosas que me miraban...

UN GRUPO DE NIÑOS MUY EXTRAÑOS, MIRÁNDOME Y DICIENDO QUE ESTOY ¡MUERTA!

"¡No corráis tanto! ¡NO estoy muerta! ¡AÚN!".

El grupo se ha quedado boquiabierto y todos se han apartado prudentemente de mí.

Luego han empezado a cuchichear: "¡¿NO está muerta?! ¡No! ¡No está nada muerta!".

Me he incorporado despacio y he mirado a mi alrededor. Estaba en el suelo del gimnasio.

Pero no sabía quiénes eran aquellos niños.

Eran más bajitos que yo, iban vestidos de forma muy rara y estaban cubiertos de... algo que parecía, er...

¡¡¿COMIDA BASURA?!!

Tenían caramelos y palomitas pegados al pelo, lamparones de chocolate y de mantequilla de cacahuete por la ropa, y las manos y la cara pegajosas.

La ropa de aquellos niños tenía más manchas de comida que mi jersey nuevo...

Era como si yo solita hubiera empezado una moda tipo "la mancha es bella".

"¡Por todas las chuches! ¡Si resulta que está VIVA!", ha exclamado el primer niño dedicándome una amable sonrisa. "Por favor, discúlpanos".

"No pasa nada", he mascullado mientras intentaba ponerme de pie, todavía algo mareada. "¡Buf! ¡No me siento muy bien!".

"¡Ya sé lo que te hará sentir mejor!", ha dicho tímidamente una niña pequeña. "¿Quieres una piruleta?".

El caso es que me ha parecido muy buena idea. No había comido en todo el día y estaba hambrienta.

La niñita se ha sacado una piruleta de su melena morena y rizada y me la ha tendido.

Parecía que estaba cubierta de azúcar glas. ¡¡ÑAM!!

Pero, vista más de cerca, ¡me he dado cuenta de que era pelusa y caspa!

¡Con algún que otro pelo!

¡¡PUAJ!! ¡¡☹!!

Me he estampado una gran sonrisa en la cara para frenar las náuseas...

NIÑA MUNCHKIN, OFRECIÉNDOME UNA
PIRULETA LLENA DE PELOS, PELUSA
Y CASPA

"¡Caramba! Gracias, pero no, cariño. Acabo
de comer", he mentido.

Me ha vuelto a rodear todo el grupo. Hacían
mucho ruido al masticar y no dejaban de mirarme.

NIÑOS MUY RAROS, MIRÁNDOME
SIN DEJAR DE COMER

"¡Me llamo Chip, encantado!", ha dicho por fin el primer niño mientras me tendía una mano cubierta de restos de patatas chips. Se la he estrechado de todas formas.

"Nikki. Encantada de conocerte a ti y a er... tus amigos".

"¡Es un milagro que hayas sobrevivido a tan dura prueba!", ha dicho Chip, con la boca llena de chips.

He recorrido el gimnasio con la vista y no he logrado ver a NADIE de mi clase de EF.

"¿Ya ha terminado mi clase? No os había visto nunca, ¿sois de primero?", he preguntado.

¡¿Qué estaba pasando?!

Tenía un vago recuerdo de que MacKenzie me había lanzado un BALONAZO en toda la cara durante un partido de balón prisionero. Y de que yo había empezado a perder el conocimiento y a caerme.

Chloe y Zoey se habían asustado mucho y se habían puesto a gritar pidiendo ayuda y...

¡¡Claro!! ¡¡¿DÓNDE estaban Chloe y Zoey?!!

¡¿De verdad que me habían dejado allí tirada para llegar a tiempo a la siguiente clase?!

Desde luego, ninguno de esos niños era de MI clase de EF. Ya puestos, ¡¡ni siquiera me parecía que fueran de mi COLEGIO!!

Me ha dado otro mareo. ¿Dónde estaba la enfermera escolar de las narices cuando la necesitas?

Y, más importante, ¿dónde estaba mi profesora de EF?

A lo mejor ella podría explicarme qué estaba sucediendo. Y de paso darme un justificante, porque estaba claro que iba a llegar tarde al almuerzo y a bio.

Mientras cojeaba hacia la puerta del gimnasio, sentía la cara como si me la hubieran desmontado y vuelto a montar.

¡Seguro que tenía los dos ojos morados, el labio partido, algún diente fracturado y la NARIZ rota! ¡¡☹!!

Iba a ir directamente a secretaría para llamar a mis padres para que me llevaran a CASA.

"¡Adiós! ¡Y gracias por librarnos de esa malvada bruja! ¡Eres nuestra HEROÍNA!", ha gritado Chip, coreado enseguida por los demás alumnos.

Me he parado en seco y me he girado lentamente.

"Oye, ¿QUÉ malvada bruja? Y CÓMO se supone que os he librado de ella?", he preguntado mientras intentaba recordar desesperadamente qué había ocurrido. "Y otra cosa... ¿QUIÉNES sois vosotros?".

"Bueno, somos munchkins, y vamos al Colegio del País de los Cuentos de Hadas con todos los demás protagonistas de cuentos. MacKenzie, la Bruja Mala del Oeste, siempre nos robaba las chuches", ha explicado Chip. "¡Hasta que has llegado TÚ!".

"¡¿MUNCHKINS?! ¡Sí, anda!", he dicho, buscando la cámara oculta por todo el gimnasio. "¡Lo pillo! ¡Es una BROMA de Chloe y Zoey para algún programa de la tele o algo por el estilo, ¿verdad?".

"Pues a lo mejor. Pero yo no conozco a ningún munchkin que se llame Chloe ni Zoey. ¿Qué son, regias, renegadas o pícaras?".

"¡¿QUÉ?!", he exclamado confusa. "Pero, ¿de qué estáis hablando exact...?".

"¿Pero tú no estudiaste Introducción a la Genealogía Familiar de los Cuentos de Hadas?", ha dicho Chip.

"Los regios son de la realeza: reyes y reinas y príncipes y princesas", ha dicho la Niña Piruleta.

"Los renegados son los valientes aventureros que viven en el bosque", ha dicho un chaval masticando pizza.

"Y los pícaros son usuarios de magia, ¡como la bruja!", ha dicho una niña con la boca llena de algodón de azúcar.

"¡Y también están las hadas! ¡Son las que protegen el País de los Cuentos de Hadas!", ha explicado Chip. "Nosotros los munchkins somos renegados".

"¡Me estáis ENREDANDO!". Me he reído nerviosa.

"¡Lo juramos por todas las chuches del mundo!", ha proclamado el grupo con solemnidad.

En ese punto mi risa ya era un poco histérica.

El caso es que todo aquello me resultaba vagamente familiar.

¡Hasta que he caído en la cuenta!

¡Madre mía! ¿Y si estaba dentro de *El maravilloso mundo del Mago de Oz*?

¡Pero ESTOS munchkins se pasaban la vida comiendo!

¿¡O era simplemente que ya me había vuelto LOCA del todo?!

"¡No puede ser!", he dicho mientras mis risas se convertían en sollozos. "¡NO puede ser verdad! ¡MADRE MÍA! ¡¡El pelotazo de MacKenzie me ha dado en toda la cara y ahora tengo CONMOCIÓN CEREBRAL!!", he gritado histérica.

La Niña Piruleta me ha dado un abrazo muy fuerte.

"¡Tranquila! ¡Esa bruja malvada no volverá a hacerte daño! ¡Le has dado una sabrosa paliza!", ha dicho entre risitas.

"¡Es verdad!", ha añadido Chip. "¡La has dejado como puré de patatas!".

"¡Te la has zampado bien zampada!", ha dicho un niño que llevaba un helado de cucurucho. "¡Has hecho así...!".

Y entonces se ha tragado de golpe la bola entera de helado y luego ha eructado sonoramente.

Yo lo miraba horrorizada, imaginando que aquella bola de helado era la cabeza de MacKenzie.

Es cierto que la odio bastante. ¡Pero NUNCA le arrancaría la cabeza de un bocado caníbal!

Aunque estaba bastante segura de que la tenía completamente hueca.

Y, si no, ¡lo parece!

"¿Qué le he hecho exactamente?", he preguntado nerviosa. "¡No recuerdo nada de nada!".

"La bruja estaba de pie aquí mismo, amenazándonos y robándonos el picoteo, ¡y de repente tú has caído del cielo y la has CHAFADO!", ha dicho el Niño Pizza.

Bueno, lo de caerme SÍ que lo recordaba.

Pero no recordaba nada de ninguna BRUJA.

"¡¡Lo has hecho GENIAL!!", ha dicho Chip emocionado. "¡Has aterrizado justo encima de ella! ¡Hasta hemos tomado fotos y todo! ¿Quieres verlas?".

"¡Pues... sí, CLARO!", he contestado.

Se ha sacado unas fotos del bolsillo de la chaqueta.

"Aquí se ve a la bruja maltratándonos. Nos ha hecho la broma de los calzones chinos bastante a lo bestia...".

LA BRUJA MALA DEL OESTE, ¡¡MALTRATANDO
A LOS MUNCHKINS PARA QUE LE DEN
SUS CHUCHES!!

¡No podía creer lo que veía!

¡MacKenzie llevaba un traje de bruja fashion
y estaba torturando a dos munchkins haciéndoles
el calzón chino! ¡¡Qué DAÑO!! ¡¡☹!!

Chip me ha enseñado otra foto: "¡Y aquí se ve cómo llegas tú, valiente, al rescate!".

YO, CAYENDO DEL CIELO,
A PUNTO DE CHAFAR A
LA BRUJA MALA DEL OESTE

"Y luego... ¡¡PLAF!!", ha gritado Chip gesticulando. "¡¡Te la has cargado y nos has salvado a todos!!".

¡YO, CHAFANDO A LA BRUJA!

¡Madre mía! ¡Era verdad! ¡¡¡Había caído sobre la Bruja Mala del Oeste!!!

No me hubiera creído nada de toda aquella historia si no hubiera visto las fotos con mis propios ojos.

"Y en la última foto mis amigos y yo nos vengamos de la bruja", ha explicado Chip. "¡Como puedes ver, se me da muy bien dibujar bigotes!".

LOS MUNCHKINS, PINTARRAJEANDO
LA CARA DE LA BRUJA MALA DEL OESTE
Y PONIÉNDOLE BIGOTE

¡Madre mía! Aquella foto de MacKenzie en el suelo ha sido la gota que colmaba el vaso... ¡¡y he ROTO a llorar!!

"¡OH, NO! ¡He MATADO a MacKenzie!", me he lamentado. "Ha sido un accidente. Pero ahora está... ¡¡MUERTA!! ¡¿Dónde está ahora su cuerpo?!".

"Creo que en la enfermería", ha contestado Chip. "Se ha despertado justo antes que tú. NO está muerta. ¡Pero sí que está MUY mosqueada!".

"¡Menos mal! ¡Al menos no la he matado!", he murmurado aliviada.

¡NO era una asesina! ¡Yuju! ¡☺!

"¡No! ¡Solo le has rasgado los vaqueros ajustados, le has hecho correr el brillo de labios, le has roto tres uñas, le has arrancado cinco extensiones y le has hecho saltar por los aires los zapatos de diseño!", ha dicho riéndose la Niña Piruleta.

Seguro que, para MacKenzie, sufrir tal humillación pública era ¡mil veces PEOR que el asesinato!

De pronto he visto un precioso par de zapatillas de plataforma abandonado en mitad del gimnasio...

ZAPATILLAS DE DISEÑO SUPERMOLONAS DE LA BRUJA MALA DEL OESTE

Confieso que esas zapatillas de plataforma ¡eran bonitas de la MUERTE!

"Total, que la bruja estaba muy enfadada. Nos ha dicho que, en cuanto saliera de la enfermería, saltaría sobre su escoba para salir pitando hacia el salón de belleza, donde iba a pedir una cita de urgencia para que le arreglaran el pelo y las uñas", ha explicado Chip.

"Puede que hubiera sido mejor que la mataras por accidente. ¡¡Porque seguro que ahora es ella la que va a querer matarte A TI!!", se ha lamentado una niña con una magdalena mientras se enjugaba una lágrima.

"¡Matarte del todo! ¡Qué pena!", han murmurado con solemnidad los munchkins.

"¡Genial! ¡Lo último que me faltaba es una bruja malvada persiguiéndome! ¡Yo solo quiero ir a CASA!", he gemido.

"Bueno, ¡también puedes pedir ayuda a la Bruja Buena del Norte!", ha dicho la Niña Piruleta. "Es muy simpática, amable y poderosa".

"Pues necesito toda la ayuda posible. ¡Parece que la Bruja Mala del Oeste es una reina del melodrama" he dicho, un poco preocupada.

De repente se ha producido un resplandor y todo el mundo ha señalado hacia el techo...

"¡Mira!, ¡ahí está!", ha gritado Chip.

"¿QUIÉN? ¿La Bruja Mala del...?", he dicho tragando saliva.

¡Era la ÚLTIMA persona que quería ver!

Estaba CLARO que había llegado la hora de marcharse.

¿Dónde hay un TORNADO cuando lo necesitas de verdad?

¡¡☹!!

LA BRUJA QUE NO EMBRUJA

He mirado alucinada la lluvia de chispas de colores que iban inundando el gimnasio y luego se disipaban en el aire.

Y me he quedado boquiabierta al ver aparecer una niña con un traje de la Princesa Hada de Azúcar y una ENORME corona. Llevaba una varita casi más alta que ella.

"¡¿BRIANNA?!", he gritado emocionada. "¡MADRE MÍA! ¡Qué contenta estoy de verte! ¿Qué haces en mi clase de EF? ¿Ya saben papá y mamá que estás aquí?".

"¡Eh, para el rollo, hermana!", ha dicho Brianna mirándome de arriba abajo. "¿Nos conocemos de algo?".

"¡Claro que nos CONOCEMOS! ¡Eres mi HERMANA! ¿No me reconoces? ¡Y me acabas de llamar hermana!".

"¡Tía, es una forma de hablar!", ha contestado Brianna.

"¡Pues te PARECES mucho a mi hermana!", he dicho, cruzando los brazos y mirándola desconfiada.

"Pues lo siento mucho, ¡pero NO lo soy! ¡Soy el Hada Madrina Brianna, a tu servicio!", ha dicho haciéndome una reverencia. "Pero tengo pluriempleo y también hago de Bruja Buena del Norte los martes y los jueves". Me ha tendido una tarjeta de visita mal escrita con rotulador:

BRIANNA: DESEOS Y ENCANTAMIENTOS

Cumpliendo tus deseos desde 1583

Hada Madrina Brianna

y también Bruja Buena del Norte

Directora General

555 555 0111

Y después me ha dedicado una gran sonrisa...

BRIANNA, HADA MADRINA
¡¡Y BRUJA BUENA DEL NORTE!!

"¡Caramba! Veo que ya llevas unos cuantos años trabajando", he exclamado.

"Pues sí. Tengo varios siglos de experiencia. Pero estoy bien para mi edad, ¿verdad?", ha dicho, mirando su reflejo en la varita. "Pero, bueno, ¡hablemos de TI! ¡Mi nueva clienta!". Ha pulsado varios botones de la base de su varita.

De pronto, la estrella se ha encendido y ha emitido un sonido, como un móvil cuando lo activas.

Brianna ha leído la varita y luego me ha mirado llevándose la mano a la barbilla para pensar.

"Mmm. Aquí dice que has llegado hasta nuestro mundo procedente de un universo alternativo. Y a mí me parece que en algún momento algún golpe te ha dejado inconsciente", ha sentenciado.

"¡Huala! ¿Cómo lo sabes?", he preguntado sorprendida.

"Fácil. Mi varita inteligente ha calculado de dónde eres. Lo segundo lo he dicho a ver si acertaba. ¡Qué barbaridad! ¿Qué te ha pasado? ¡Parece que te hayan planchado la cara! ¡Qué daño!".

La hubiera matado ahí mismo.

NO podía creer que estuviera hablando de mi cara directamente en mi... er, ¡CARA!

Se ha producido un silencio incómodo.

Luego Brianna ha soltado una risita nerviosa. "Así pues, Nikki, ¿en qué puedo ayudarte hoy? Lo que quieras, no tienes más que pedírmelo. Aunque debo advertirte de que los maquillajes temporales solo llevan una garantía de doce horas".

"Pues bueno, ¡ahora mismo lo único que quiero es volver a casa! Hoy me toca cuidar de mi hermana. Y tengo la sensación realmente mala de que de un momento a otro tendré una bruja muy enfadada tras mis talones".

Brianna se ha reído. "¡Sí! Has caído del cielo y, ¡¡PLAF!! ¡Ha quedado muy GRACIOSO! He visto el vídeo en ChuChube. ¡Ya es viral!".

"Querrás decir YouTube", he dicho.

"¡No, no, se llama CHUCHUBE!".

"¡Pero lo dices mal! ¡Es YOUTUBE!".

"¡No! ¡Es ChuChube, señorita Sabelotodo!", ha dicho Brianna con cara de paciencia.

"¡Déjalo!", he contestado.

"Bueno, ¡escucha bien! La MEJOR forma de volver a casa es pasar por la secretaría. Allí tienes que pedir una cita con el Gran y Poderoso Mago de...".

"¡OZ!", la he interrumpido. "El Mago de Oz, ¿verdad? ¡Conozco el cuento!".

"¡PUES NO!", me ha cortado Brianna. "Es el Gran y Poderoso Mago de ARROZ".

"Lo habrás oído mal, ¡es 'OZ', no 'ARROZ'!", insistí.

"No, ¡ARROZ! ¡Y deja de interrumpirme! El único que tiene poder para devolverte a casa es el Mago de Arroz, también llamado director Winston. Tiene un taco entero de PASES que te pueden transportar mágicamente al primer toque de su bolígrafo. Pero ten cuidado, porque de secretaría también salen castigos y expulsiones. ¿Entendido?".

"¡Entendido!", he contestado entusiasmada.

"También te voy a dar este par de zapatos. Tienen el poder de...".

"¡Conozco el cuento!", la he interrumpido. "¡De transportarme a CASA! ¿Verdad?".

"¡¡PUES NO!! ¡Tienen el poder de vestirte mágicamente de arriba abajo con la ropa más estilosa y guay!", ha explicado Brianna.

"Vaya. ¿Eso es lo único que hacen?", he dicho un poco decepcionada. "Creía que era como aquel par de zapatos mágicos brillantes de Dorothy".

"La Bruja Mala del Oeste es muy vanidosa. SUS zapatos no transportan; solo marcan ESTILO, lo siento", ha dicho Brianna.

Y ha apuntado teatralmente la varita hacia las zapatillas de plataforma.

"Que todo el mundo se aleje un mínimo de cuatro metros de mi varita. Es una precaución de seguridad para limitar vuestra exposición a las partículas mágicas".

Todos los presentes se han echado un poco hacia atrás y Brianna ha pronunciado un encantamiento...

"Zapatillas de plataforma,
tan bonitas y modernas,
Nikki necesita ayuda
para volver a su...
¡CAVERNA!".

Ha agitado su varita melodramáticamente y...

¡No ha pasado absolutamente NADA! ¡¡☹!!

He suspirado y procurado no poner cara de paciencia.

Muy preocupados ante semejante giro de los acontecimientos, todos los munchkins se han puesto a cuchichear.

Brianna, claramente incómoda, ha dado varios golpes impacientes con la varita contra la palma de su mano.

"¡No puede SER! ¡Pero si le puse pilas nuevas justo ayer!", ha murmurado.

Yo no quería ser odiosa ni repelente, pero me parecía que su encantamiento estaba un poco mal hecho.

"Perdona, ¿no deberías haber dicho 'HOGAR' en lugar de 'CAVERNA'? Digo yo, ¡pero la experta en magia eres tú!", he dicho, encogiéndome de hombros.

Brianna me ha mirado mal. "¡Ya lo había pensado, señorita Sabelotodo! No me digas cómo tengo que hacer mi trabajo". Se ha aclarado la garganta sonoramente y ha repetido el encantamiento...

"Zapatillas de plataforma,
tan bonitas para molar,
Nikki necesita ayuda
para volver a su...
¡HOGAR!".

Brianna ha agitado la varita, y esta vez las zapatillas han aparecido mágicamente en mis pies.

"Pertenecieron a la Bruja Mala del Oeste, ¡pero ahora son tuyas del todo!", ha proclamado Brianna con orgullo.

"¡Gracias! Pero ¿no se enfadará un poco si ve que llevo sus zapatillas?".

"¡La verdad es que se va a poner hecha una FURIA, pero tú las necesitas mucho más que ella!", ha dicho Brianna con rotundidad.

"Pero, si estas zapatillas no me van a ayudar a volver a casa, ¿POR QUÉ me las das?", he protestado.

"¡Porque tus zapatillas viejas APESTABAN! ¿Cuándo las lavaste por última vez? ¡Olían a sardinas y a eructos de bebé!", ha dicho Brianna abanicándose delante de la nariz.

Aunque me sentía muy insultada, no podía negar que en eso Brianna tenía razón.

Mi madre siempre se quejaba exactamente de lo mismo.

Aunque las llevaba cada día en clase de EF, seguro que hacía más de un año que no lavaba aquellas zapatillas.

Hacía ya tiempo que necesitaba unas zapatillas nuevas para EF.

En fin, las zapatillas nuevas me iban PERFECTAS.

Y se veían aún mucho más bonitas en...

... MIS PIES, ¡CON MIS NUEVAS ZAPATILLAS!
(EN REALIDAD, LAS ZAPATILLAS DE LA BRUJA)

He agradecido la ayuda a mi madrina y me he despedido de mis nuevos amigos munchkins. Pero me he quedado allí, esperando con paciencia a que Brianna volviera a utilizar su especie de varita mágica.

"¿Y ahora QUÉ? ¿A qué esperas?", ha resoplado.

"Er... ¿no deberías ayudarme con tu magia a encontrar el Mago de Arroz? Como en el cuento, ¿recuerdas?".

"¡NO! Pero parece que TÚ quieres volver a decirme a MÍ cómo hacer mi trabajo!", ha contestado con sarcasmo.

"¡Claro que no! Solo... solo me preguntaba cómo voy a encontrar al mago si no puedo seguir ningún camino de baldosas amarillas. ¿No puedes hacerlo aparecer con alguno de tus trastos con GPS?".

Brianna ha puesto cara de paciencia.

"¡Es bien fácil! La secretaría está donde ha estado SIEMPRE. No tienes más que salir por esta puerta y seguir el pasillo. Es la primera puerta a la derecha".

"Ah... Vale. Gracias", he murmurado sintiéndome bastante tonta.

Me he dado la vuelta y he corrido hacia la puerta del gimnasio.

Pensaba ir directamente a la secretaría del Colegio del País de los Cuentos de Hadas, buscar al Mago de Arroz y pedirle el justificante para volver a casa. Luego llamaría a mi madre para que me viniera a buscar. Cuando viera mi cara de perrito triste, me dejaría enseguida quedarme en la cama, comiéndome un tarro entero de helado con una bolsa de hielo sobre la frente.

¡Sí! Empezaba a encontrarme mejor solo de pensarlo.

Había tenido un día de pesadilla interminable. ¡Pero mi extrañísima aventura en el País de los Cuentos de Hadas estaba a punto de tener su FINAL FELIZ!

 ¡¡☺!!

¿DÓNDE ESTOY?

¡MADRE MÍA! ¡Estoy un poco muerta de MIEDO!
¡Todo lo que me rodea es cada vez más extraño!

Cuando he salido del gimnasio tal y como me había
dicho mi hada madrina Brianna, ¡tras la puerta no
había ningún pasillo!

¡NO, SEÑORA! ¡¡¡Solo un **BOSQUE OSCURO
Y TENEBROSO**!!! ¡¡¡☹!!! ¡Y me temo
que yo tengo ALERGIA a los bosques oscuros
y tenebrosos!

He parpadeado para asegurarme de que mis ojos
no me estaban gastando una broma.

Luego, aterrorizada, me he girado para volver
corriendo a la seguridad del gimnasio. Pero YA no
podía ¡porque la puerta había desaparecido! ¡¡☹!!

Con la luna llena, los árboles gigantescos arrojaban
sombras espeluznantes que hacían aún más difícil
ver en la oscuridad.

Me he sentido como si estuviera en una de esas sangrientas pelis de terror que mis padres no me dejan ver. Lo único bueno es que ¡mis zapatillas encantadas funcionaban de fábula! ¡☺!

Han transformado mágicamente mi aburrido equipo de gimnasia en un vestido azul cielo MONÍSIMO con un delantal blanco, medias y un par de zapatos merceditas de charol negro.

El caso es que el conjunto me resultaba familiar...

Hasta que me he dado cuenta de que iba vestida como mi protagonista de cuento favorito, ¡Alicia de *Alicia en el País de las Maravillas*! ¡YAJUUUUU! ¡¡¡☺!!!

Pero me estoy yendo por las ramas...

De pronto he sentido un escalofrío, como si alguien me estuviera observando. Cuando el viento ha empezado a silbar, he visto un par de ojos rojos, brillantes y siniestros, ¡mirándome directamente a mí! ¡¡☺!!

He gritado y he echado a correr por el bosque.

He deambulado por el bosque, completamente perdida, durante lo que me ha parecido...

¡UNA ETERNIDAD!

Al final, muerta de frío, hambre y miedo, he caído exhausta junto a una roca enorme.

¡¿Cómo iba a salir de allí?!

Justo entonces me he acordado de que tenía un hada madrina.

¡MENOS MAL! ¡¡☺!!

Me he aclarado la garganta y he gritado en voz baja: "Er... ¡Brianna! ¡Ayúdame! ¡POR FAVOR!".

Pero no ha contestado nadie.

Y entonces he gritado lo más alto posible...

"¡¡¡BRIANNA!!! ¡¡SOCORRO!!"

Pero la única respuesta ha sido un eco muy raro:
"¡BRIANNA SOCORRO! ¡BRIANNA SOCORRO!".

No he tardado en darme cuenta de que estaba
completamente sola en mi desgracia.

RECORDATORIO:
¡¡Cambiar de hada madrina!!

¡¡☹!!

He inspirado tres veces a ver si me calmaba.

Solo me faltaba tener una crisis de llorera
en aquel momento.

Sobre todo porque ya sería la tercera o la cuarta
del día.

Al final he llegado a la conclusión lógica de que sería
más fácil encontrar la salida del bosque por la mañana.

Suponiendo, claro está, ¡que SIGUIERA VIVA! ¡☹!

YO, ¡¡SOLA Y PERDIDA
EN EL BOSQUE OSCURO Y TENEBROSO!!

Me he sentado junto a la gran piedra, mirando hacia la oscuridad, abrazándome las rodillas y meciéndome.

Solo quería estar en MI casa con MI familia, en MI habitación y acurrucada dentro de MI camita.

Y rezando para que esos ojos rojos espantosos que me miraban no pertenecieran a un animal feroz con dientes afilados que COMIERA niñas que reciben pelotazos en la clase de gimnasia, se despiertan en otro mundo y acaban perdidas en el bosque en mitad de la noche.

Al final he entrado en un sueño profundo e inquieto.

¡¡☹!!

AMIGUITOS DE TODA PLUMA Y PELAJE

Me han despertado los rayos cálidos del sol en la cara y los alegres cantos de unos pájaros.

Al principio me sentía aturdida y confundida.

¡Mi almohada estaba hoy dura como una piedra! Y ¿¿cómo habían entrado todos esos bichos de plumas y pelajes diversos en mi habitación?!

Entonces me han venido todos los recuerdos de golpe, como una ola. ¡Estaba atrapada en un extraño país de cuentos y no sabía cómo volver a casa!

Me he estirado, me he levantado, y he mirado a mi alrededor.

El bosque no se parecía EN NADA al que recordaba de la noche anterior.

Hasta se me ha escapado una sonrisa. Me sentía como una princesa Disney o algo por el estilo...

YO, ¡CON MIS NUEVOS
AMIGOS DEL BOSQUE!

¡Madre mía! ¡Pero qué bonitos y adorables eran todos aquellos animalitos! Me daban ganas de bailar y cantar con ellos, como en las pelis cursis.

¡Y no te lo pierdas! Me habían traído un surtido de frutas, frutos secos y frutos del bosque para desayunar. Y eso sí que me ha hecho FELIZ, ¡¡porque me estaba literalmente muriendo de HAMBRE!!

Ayer me salté el desayuno, el almuerzo y la comida. ¡MADRE MÍA! ¡Tenía TANTA hambre que me hubiera puesto a masticar la corteza de un árbol!

Me he comido parte de lo que me han traído y me he guardado en los bolsillos el resto. Estaba buenísimo.

Después he dado las gracias a mis nuevos amigos por su generosidad.

Como ya no estaba ni agotada ni hambrienta, me he dispuesto a buscar la forma de volver a casa.

 ¡☺!

EN EL BOSQUE

Una cosa estaba clara: me gustaba mucho más el bosque de día, tan amable y tan feliz, que el de noche, tan oscuro y tenebroso.

Tenía que encontrar al Mago de Arroz. Pero seguro que no tenía el despacho en mitad del bosque.

Intentaba no pensar en los "y si".

¿Y si no encontraba al mago?

¿Y si no encontraba el camino de regreso a casa?

¿Y si me quedaba atrapada en aquel lugar... PARA SIEMPRE?

A los diez minutos de caminar, he encontrado un sendero serpenteante y bien marcado, y he decidido seguirlo.

No había recorrido ni un kilómetro cuando he hecho un descubrimiento SORPRENDENTE...

¡Era la casita de campo más bonita que había visto!

Y se veía que estaba habitada, porque tenía el césped y las flores cuidados. Estaba convencida de que sus habitantes podrían ayudarme.

Seguro que conocían al Mago de Arroz. O a alguien que conocía al Mago de Arroz. O a alguien que conocía a alguien que conocía al Mago de Arroz.

¡O ESO ESPERABA!

Si tenían teléfono, podría llamar a mi madre para decirle que no se preocupara porque enseguida volvería a casa.

Me sentía contenta y aliviada porque pronto se iba a acabar todo aquel MALENTENDIDO.

He corrido emocionada hasta la entrada y he llamado con los nudillos. Como no abrían, he llamado más fuerte, pero nada. Me he puesto a aporrear la puerta desesperada. Y, para mi sorpresa, ha empezado a abrirse sola. He asomado la cabeza al interior.

"¿Hola? ¿Hay alguien en casa?", he llamado.

Como era una situación de cierta emergencia,
he entrado para echar un vistazo...

ALGUIEN SE HABÍA TOMADO TODO
EL TAZÓN DE SOPA PEQUEÑO...

ALGUIEN SE HABÍA SENTADO EN
LA SILLA MÁS PEQUEÑA Y LA HABÍA ROTO...

¡¡Y ALGUIEN ESTABA AÚN DURMIENDO
EN LA CAMA MÁS PEQUEÑA!!

Era una chica de mi edad con un precioso pelo rubio y rizado. Al verla bien, he alucinado pepinillos.

"¡¡¿CHLOE?!! ¡Madre mía! ¡¡CHLOE!!", gritaba sacudiéndola para despertarla. "¡Soy yo, Nikki! ¡Estoy TAN contenta de verte!".

Sobresaltada, ha abierto los ojos y se ha incorporado bruscamente, mirándome como si fuera un bicho raro.

"¡Chloe! ¡Soy YO! ¡Nikki! ¿Cómo has llegado hasta AQUÍ?", he gritado. "Y ¿desde cuándo llevas el pelo así?! ¡Te queda muy bien!".

"Pero yo no me llamo Chloe. ¡Me llamo Ricitos de Oro! Y me parece que no nos conocemos", me ha dicho repasándome de arriba abajo.

Luego me ha dedicado una enorme sonrisa. "¡Un momento! ¡Yo te reconozco! Vestido azul y delantal blanco. ¡Tú eres Dorothy de *El maravilloso mundo del mago de Oz*, ¿verdad? ¿A que te sentabas delante de mí en clase de Gestión de Animales de Cuentos Peligrosos: Leones, Tigres y Osos?".

"¡Pues la verdad es que no, pero...".

"¿No? ¿Estás segura?", ha dicho Ricitos de Oro, escudriñándome con la mirada. "Mmm, ¡ahora recuerdo! ¡Estábamos en el grupo de estudio de Supervivencia en Bosques Oscuros y Peligrosos: Consejos y Tácticas! ¿A que el profesor Cazador estaba que te lo COMES? ¡No me importaría catear el examen final con tal de volver a estar en SU clase!", ha exclamado. "¿Verdad, Dorothy?".

"¡¡Pero es que NO SOY DOROTHY!!", he dicho.

Ricitos de Oro me miraba con la mano en la barbilla.

Hasta que ha vuelto a sonreír.

"¡NO eres Dorothy, claro! ¡A vosotras dos siempre os confundían! Tú eres Alicia, de *Alicia en el país de las maravillas*, ¿verdad? ¡Vestido azul y delantal blanco! Tú y Dorothy sois prácticamente gemelas. Contigo creo que coincidí en clase de Comer con Presupuesto Ajustado en el País de los Cuentos de Hadas: ¿para qué pagar cuando puedes pedir, robar y comer GRATIS?".

"Pues no, TAMPOCO soy...".

"¡¿Cómo he podido olvidarme?!", ha interrumpido Ricitos de Oro. "Para tu proyecto de clase, te bebiste aquel frasquito de zumo Bébeme. Y creciste un palmo y luego te encogiste un palmo. ¡Fue INCREÍBLE! ¡No me extraña que te pusieran aquel sobresaliente, Alicia!".

¡¡RICITOS DE ORO, ENROLLÁNDOSE SIN PARAR Y LLAMÁNDOME ALICIA TODO EL RATO!! ¡¡☹!!

La verdad es que ya empezaba a hartarme un poco. ¡Yo no era ni Dorothy NI Alicia!

"Lo de mi vestido es bastante complicado. Aunque me veas vestida de Alicia, en realidad yo...".

"Te digo una cosa, Alicia: deberías enviar una solicitud al Consejo del País de los Cuentos de Hadas para que te cambien el color del vestido. A ver... amarillo es demasiado claro. ¡Y verde, demasiado oscuro! ¿Qué me dices ROSA? ¡Sería TOTAL! Y la gente dejaría de confundirte con Dorothy. En fin, ¿quieres sopa? Aún quedan dos tazones. Creo que vuelvo a tener hambre...".

¡¡Madre mía!! ¡¡Ricitos de Oro no callaba NUNCAAA!!

"Me parece, Ricitos de Oro, que no es buena idea. ¿Y si los osos también tienen hambre? Cuando vuelvan a su casa y descubran que no queda sopa puede que se enfaden un poco", he dicho, preocupándome de verdad al imaginar la situación.

"¡¿Osos?! ¿Has dicho OSOS?!", ha exclamado alarmada Ricitos de Oro tapándose la boca.

"¡Sí, claro, 'osos'! ¡En esta casa viven los Tres Osos!",
le he explicado. "Y, si no recuerdo mal la historia,
llegarán en cualquier momento".

"¿Estás segura de que aquí viven OSOS? Una pícara
me dijo que esta casa era una pensión que acababan
de inaugurar y que podía venir cuando quisiera sin
necesidad de hacer reserva. Pero, si es eso que
dices, ahora lo entiendo todo. El servicio es malo;
la comida, sosa; los muebles, baratos; el personal de
limpieza, inexistente; y la cama, incómoda. Como
alojamiento, ¡esto es un DESASTRE! La próxima
vez, me quedaré en el hotel Sol de Hadas".

¡Ricitos de Oro también se QUEJABA mucho!

"¿Una pícara? ¿De las que usan magia?", he preguntado.

"Sí, la Bruja Mala del Oeste, aunque en realidad se llama
MacKenzie y está en mi clase de Compendio Histórico
del País de los Cuentos de Hadas: ¡Rumpelstiltskin es el
profesor de historia más ABURRIDO del MUNDO! La
Bella Durmiente se pasa casi todas la clase roncando.
¡Claro que esa chica se pasa MEDIA VIDA roncando!".

"¡Debe de ser una asignatura fascinante!", he dicho.

"¡Pues NO lo es! Después de la Gran Guerra, el País de los Cuentos de Hadas fue dividido en tres grupos. Los REGIOS son todos los de la realeza. ¡Los afortunados que tienen vidas perfectas! ¡Y finales felices comiendo perdices! Su vida social es INTENSA, llena de muchas fiestas, bailes y bodas. ¡A mí también me gustaría comer exquisiteces y tener criados, y un armario lleno de preciosos vestidos de seda, y que me mimaran todo el día. ¡La mayoría están bastante malcriados!".

"¡Claro, parece que se lo pasan bastante bien! Entiendo cómo te sientes", he dicho.

"Los RENEGADOS son aventureros. Son valientes y se ayudan los unos a los otros. Y yo soy una de ellos. ¡Pero me MUERO de ABURRIMIENTO! ¡Estoy hasta el MOÑO de deambular por los bosques y de enfrentarme a animales salvajes y sarnosos! ¡Tengo una vida MUY estresante! Me pican todos los insectos y ni te cuento lo que cuesta que se vaya del pelo la peste de una MOFETA. ¡Es casi imposible! ¿Y qué me dices de la ropa que nos ponen? Hace dos años que llevo el mismo horrible vestido de algodón. ¡Lo que DARÍA por llevar aunque fuera un solo día un vestido de terciopelo con zapatos rojos de pedrería! Encima, la vida amorosa de una renegada es inexistente, a no ser que te vayan mucho los tipos curtidos de mochila y manta".

Me daba pena Ricitos de Oro. Y eso que se acercaba mucho a lo que yo llamo una auténtica pedorra.

"Y luego están los PÍCAROS. Muchos son usuarios de magia egoístas que la aprovechan para sus fines de poder y prestigio. Pasan por encima de quien haga falta para obtener lo que quieren. ¡Y son unos ENGREÍDOS! Les gustan los títulos como "Malvado" fulanito o "Malévola" menganita. Su vida está llena de peligros, dramas e intrigas. Las hadas también son usuarias de magia, pero son buenas. Son las encargadas de mantener vivo el País de los Cuentos de Hadas, donde TODOS intentamos llevarnos bien".

"Bueno, no sé por qué la Bruja Mala del Oeste te ha engañado, Ricitos de Oro", he dicho con tono serio. "¡Pero ya te digo yo que esto NO es una PENSIÓN! ¡Y será mejor que salgamos pitando de aquí! ¡YA!".

¡¡YO, EXPLICÁNDOLE A RICITOS DE ORO
QUE TENÍAMOS QUE IRNOS ANTES DE QUE
VOLVIERAN LOS TRES OSOS!!

Además, ¡soy SUPERalérgica a los OSOS muy hambrientos!

De repente hemos oído un rugido fuerte y enojado que llegaba de la cocina.

"¡¡Alguien ha COMIDO de mi plato de sopa!!", ha rugido Papá Oso.

"¡¡Alguien ha comido también de MI plato de sopa!!", ha bramado Mamá Osa.

"¡Alguien se ha comido MI sopa! ¡Y mi tazón está vacío!", ha gemido Bebé Oso.

¡Ricitos de Oro y yo nos hemos quedado mirándonos, paralizadas de miedo! ¡Ya habían vuelto los osos! ¡¡☹!! El siguiente rugido fuerte y enojado que hemos oído llegaba de mucho MÁS CERCA, del salón.

"¡Alguien se ha SENTADO en mi silla!", ha rugido Papá Oso.

"¡Alguien se ha sentado también en MI silla!", ha bramado Mamá Osa.

"¡Y alguien se ha sentado en MI silla y la ha roto!",
ha sollozado Bebé Oso.

"Alicia, ¿qué vamos a hacer?", ha gritado en voz
baja Ricitos de Oro. "¡En clase aún no hemos llegado
al tema de Animales Enfadados con Dientes muy
Afilados: Profundización!".

"Pues no sé... ¿probamos a escondernos?", he dicho
encogiéndome de hombros.

"¡¡Pero ¿dónde?!! ¿Debajo de esta cama? ¡Es el
PRIMER sitio donde mirarán!", ha dicho Ricitos
de Oro angustiada.

"¡SÍ! ¡Debajo de la cama!", he susurrado. "¡No
tenemos otra opción!".

Al estirar deprisa la cama de Bebé Oso para que no
se notara que alguien había dormido en ella me he
dado cuenta de que me había dejado ciertos objetos
personales. Ricitos de Oro también los ha visto y los
ha señalado histérica, pero era DEMASIADO tarde
para recuperarlos.

¡Estábamos PERDIDAS! ¡☹! Nos hemos metido corriendo debajo de la cama. Al asomar la cabeza con cuidado para ver qué pasaba, hemos visto a la familia al completo a pocos centímetros de nosotras.

RICITOS DE ORO Y YO,
¡¡MIRANDO DESDE DEBAJO DE LA CAMA!!

"¡¡Alguien ha DORMIDO en mi cama!!", ha rugido Papá Oso.

"¡¡Alguien ha DORMIDO también en MI cama!!", ha bramado Mamá Osa.

"¡Alguien ha DORMIDO en MI cama!", ha llorado Bebé Oso. Pero ha señalado algo excitado. "¡Mamá Osa! ¡Papá Oso! ¡¡Mirad lo que se han DEJADO!!".

Tenía tan cerca las patas peluditas de Bebé Oso que el pelo me hacía cosquillas en la nariz. ¡MADRE MÍA! ¡No sabía cómo aguantar el ESTORNUDO! "¡A...A...ACH...!".

Ricitos de Oro ha alargado la mano y me ha tapado corriendo la nariz. Vale, no he estornudado. ¡☺! ¡Pero la presión para NO estornudar casi me revienta los ojos! ¡¡Qué DAÑO!! ¡¡☹!!

¡Los osos se han quedado MIRANDO hacia la cama!

"¡Caramba, mira qué tenemos aquí!", ha vociferado Papá Oso.

"¡Increíble!", ha gritado Mamá Osa.

"¡¡¿Nos lo COMEMOS TODO?!!", ha chillado Bebé Oso.

Esto es lo que han encontrado los Tres Osos...

¡LOS TRES OSOS, ENCONTRANDO MIS FRUTAS, FRUTOS SECOS Y FRUTOS DEL BOSQUE!

"¡Tengo una gran idea, Papá Oso!", ha dicho con suavidad Mamá Osa. "¿Por qué no vais los dos a arreglar la silla rota mientras yo caliento la sopa y preparo una deliciosa tarta de arándanos con miel y almendras?".

Los tres osos se han ido a pasos lentos y contentos hacia la cocina y sus quehaceres.

En cuanto hemos visto vía libre (y a los osos zampándose entusiasmados la tarta), hemos saltado por una ventana y nos hemos adentrado en el bosque.

No sabría explicarlo, pero el caso es que Ricitos de Oro me cae bien, ¡y mira que es despistada!

Será porque se parece tanto a mi amiga Chloe, y hasta actúa como ella. Si no fuera por el pelo rizado y rubio...

Todavía siento muchas GANAS de volver a casa. Pero también quiero saber más de los PÍCAROS.

Está claro que una pícara ha intentado engañar a mi nueva amiga, Chloe de Oro, digo, ¡RICITOS DE ORO!

¡Menos mal que los osos han decidido comerse la TARTA recién hecha de Mamá Osa en lugar de a RICITOS DE ORO!

¡¡AJÁ!!

¡ALGUIEN quiere ver MUERTA a Ricitos de Oro! ¡Y ese alguien es MacKenzie, la Bruja Mala del Oeste!

¡¿Te puedes creer que hasta en el más absurdo de los viajes al País de los Cuentos de Hadas tiene que aparecer ESA para fastidiarme la vida?!

¡Y estoy SEGURA de que está urdiendo un plan de lo más diabólico! Lo que significa que los munchkins, Ricitos de Oro y todos los habitantes del País de los Cuentos de Hadas podrían estar en peligro.

Y como, encima, por ahora estoy aquí ATRAPADA en el País ~~de los Cuentos de Hadas~~ de los Chiflados, no tengo otra alternativa que intentar detenerla.

¡OTRA VEZ EN EL BOSQUE!

Ricitos de Oro y yo nos hemos hecho amigas enseguida. Le he contado mi historia y le he explicado lo desesperada que estaba por volver a mi casa.

No conoce personalmente al Mago de Arroz pero se ha ofrecido a ayudarme a encontrarlo. ¡Menos mal! ¡Qué CONTENTA me he puesto! Ricitos de Oro ha dicho que era lo mínimo que podía hacer después de que yo le salvara la vida.

Pero antes tenía que presentar un informe sobre el incidente con los Tres Osos al Consejo del País de los Cuentos de Hadas.

También me ha dicho que algún poderoso usuario de magia había empezado a intervenir en los cuentos, y que el Consejo del País de los Cuentos de Hadas quería detenerlo antes de que hiciera demasiado daño.

Hemos quedado en encontrarnos al cabo de una hora en el salón de té del Sombrerero Loco, que estaba a un kilómetro de allí, en una aldea a la salida del bosque.

Cuando llevaba más o menos un cuarto de hora andando he visto una silueta en el camino. Era una chica que llevaba una capa con capucha roja y una cestita.

A lo mejor conocía al Mago de Arroz. Tampoco perdía nada por preguntar.

He salido corriendo tras ella lo más deprisa que he podido, pero se ha metido en una casita.

Me he quedado en plan ¡¡GENIAL!! ¡¡☹!!

El allanamiento de morada empezaba a ser un hábito en mí, y algo peligroso. Había salido con vida por los pelos de mi encuentro con la familia de osos.

Pero, como era una situación de cierta emergencia, he decidido entrar.

¡No podía creer lo que veía! ¡¡Aquella chica era igual, igual que mi amiga ZOEY!!

Bueno, igual, igual si Zoey se pusiera una capa roja estupenda, un vestido vintage, unos botines guays y un bolso en forma de cesta de mimbre.

Al parecer, había ido a visitar a su abuela.

Pero se ve que su conversación se ha vuelto un poco... er, ¡¡RARA!!

Más rara aún que las que tengo YO con MI abuela (¡que ya son bastante raritas!).

"Abuelita, pero ¡qué OJOS tan grandes tienes!".

"Son para VERTE mejor".

"Abuelita, pero ¡qué OREJAS tan grandes tienes!".

"Son para OÍRTE mejor".

Total, estaba claro que Caperucita Roja necesitaba gafas, porque su ABUELITA no parecía para nada una abuelita, al menos de las que yo he conocido.

No quiero ser mal educada, pero su abuelita no era precisamente la reina de la belleza.

Bueno, lo diré más claro: ¡¡era un HORROR!!

YO, VIENDO QUE LA ABUELITA TENÍA QUE
DEPILARSE... ¡¡EL CUERPO ENTERO!!

"Abuelita, pero ¡qué NARIZ tan grande tienes!".

"¡Es para OLERTE mejor!".

"Abuelita, pero ¡qué DIENTES tan grandes tienes!".

"¡¡Son para COMERTE mejor!! ¡¡¡GRRRRR!!!".

Y, nada más decir eso, el lobo ha saltado de la cama a por Caperucita Roja.

¿Verdad que debería haber aparecido un cazador o algún otro tipo en el último minuto para poner final feliz al cuento? ¡Pues ni rastro de él!

"¡Hada madrina! ¡AYÚDANOS por favor!", he gritado, rogando para que apareciera. Pero no ha habido suerte.

Desde detrás de la puerta, he oído pasar veloz al lobo, gruñendo y haciendo rechinar sus afilados dientes.

Cuando estaba a punto de abalanzarse sobre la pobre e indefensa Caperucita y dejarla hecha jirones...

EL GRAN LOBO FEROZ, ABALANZÁNDOSE
SOBRE LA POBRE CAPERUCITA ROJA

Me ha dado un ataque de PÁNICO y he hecho
la primera TONTERÍA que se me ha ocurrido...

YO, ¡¡AGARRANDO LA COLA DEL LOBO
Y TIRANDO DE ELLA CON TODAS MIS
FUERZAS EN UN DESESPERADO INTENTO
DE SALVAR A CAPERUCITA ROJA!!

Pero, por desgracia, todas mis fuerzas han sido demasiadas, porque he oído un gran chasquido, y...

¡EL LOBO Y YO POR LOS SUELOS CUANDO LE HE ARRANCADO LA COLA!

¡EL LOBO Y YO,
PASMADOS Y SORPRENDIDOS
AL VER SU COLA EN MI MANO! ¡☹!

Lógicamente, superado el shock inicial, el lobo se ha mostrado ligeramente enfadado sobre el asunto.
¡Y eso que estaba claro que había sido un accidente!

"¡Mira lo que has hecho! Eres... ¡¡una BESTIA!!", me ha gritado. "Suerte tengo de estar vivo después de un ataque tan salvaje. ¡Eres una psicópata y necesitas ayuda!".

"¡¿Ah, SÍ?! ¡¿De verdad que ahora soy YO la bestia?!", le he gritado. "Pues hace un minuto TÚ eras el que presumías de tus enormes dientes e intentabas COMERTE a Caperucita Roja. ¡Y encima vestido de ABUELITA! Mira, tío, lo siento, pero ¡TÚ eres el que necesita un poquito de TERAPIA!".

El lobo se ha encarado conmigo, acercándose tanto que podía oler su apestoso aliento de Lobo Feroz.

Entonces he entendido por qué había podido soplar y soplar hasta las casas de los pobres Tres Cerditos tirar.

¡CLARO! ¡¡¡Por lo MAL que le olía el aliento!!! ¡¡☹!!

"Mira, Dorothy, si sabes lo que te conviene, ¡¡será mejor que NO vuelvas por mi bosque!! ¡O sabrás lo que es bueno! Y esto NO es una amenaza, ¡¡es una PROMESA!!", me ha gruñido. Palabra por palabra.

"¡Yo NO soy Dorothy! ¡Y TÚ eres un BOCAS!".

"Pues... ¡¡ALICIA!! O lo que sea, ¡pero más te vale andar con cuidado!".

"¡TAMPOCO soy Alicia!", le he contestado.

"¡Pues deberías serlo! ¡Llevas su HORRIBLE vestido! A mí desde luego no me hacen llevar eso ni MUERTO, ¡sobre todo con esos horrendos zapatos!".

"Se nota que no te has mirado mucho al espejo, Lobito. Llevas un camisón de abuela estampado con unas flores terribles y un gorro a juego. No creo que estés en condiciones de dar consejos de moda", he dicho.

Me ha puesto cara de paciencia, me ha arrebatado la cola de la mano y se ha ido dando grandes zancadas hacia la puerta.

¡CAPERUCITA ROJA Y YO, RIÉNDONOS
DEL INCIDENTE DE LA COLA!

"¡Me has salvado la vida! ¿Cómo te lo puedo agradecer, Dorothy? Quiero decir... ¡Alicia! ¡O como sea que te llames!".

Y me ha sorprendido con un abrazo fuerte.

"Toma, si quieres te doy mi almuerzo. Es un sándwich de mantequilla de cacahuete y jalea. Mi abuelita, quiero decir, el lobo, no se lo ha comido".

"Estoy muy contenta de haberte ayudado", le he dicho. "Y gracias por ofrecerme almuerzo, pero después de lo de ayer, ya no me apetecen mucho los sándwiches de mantequilla de cacahuete. Es una historia larga y complicada. ¿No sabrás por casualidad dónde puedo conseguir una hamburguesa con queso triple, con ración grande de patatas fritas y bebida supergrande?".

"¡¡Pero qué APETITO tan grande tienes!! ¡Podrías ser alguno de los Tres Cerditos!", me ha soltado la tía.

He preferido ignorar ese comentario. Tenía otra cosa en mente.

"Oye, ¿cómo es que no te has dado cuenta de que el lobo NO era tu abuelita?", le he preguntado.

"De hecho, yo no había ido a visitar a MI abuelita. Había ido a llevar una cesta de comida a la abuela de una pícara", ha explicado Caperucita Roja.

"Pues quienquiera que sea que te ha enviado aquí o está genéticamente relacionada con la familia canina o estaba intentando convertirte en una merienda. ¡Mucho me temo que alguien quiere acabar contigo y con Ricitos de Oro!".

Caperucita ha hecho un gesto tapándose la boca y ha dicho: "¡Ricitos de Oro es muy buena amiga mía! ¿Estamos las dos en peligro?!". Se ha llevado la mano al corazón y ha gritado: "¡Oh! ¡Dios mío!".

Alguien había estado a punto de matarla, y hasta AHORA no había caído en la cuenta.

Pero entonces ha soltado: "¡Pero qué PIES tan grandes tienes, Dorothy, digo, Alicia!".

Lógicamente me ha ofendido mucho su comentario tan poco delicado. Pero he supuesto que lo decía porque las zapatillas encantadas hacían que mis pies parecieran más grandes o algo por el estilo.

El caso es que he invitado a Caperucita a venir conmigo y con Ricitos de Oro a tomar un té al salón de té del Sombrerero Loco.

Seguro que entre las tres acabaríamos encontrando al Mago de Arroz.

Y seguro que él me ayudaría a volver a casa.

¡¡☺!!

EL SALÓN DE TÉ DEL SOMBRERERO LOCO

Caperucita y yo hemos encontrado a Ricitos
de Oro en el salón de té del Sombrerero Loco,
un pintoresco local a la salida del bosque.

Lo llevaba un tipo simpático pero excéntrico, al que
llaman el Sombrerero Loco por su enorme colección
de sombreros extravagantes.

Cuando ha venido a nuestra mesa a tomar el pedido,
no podía dejar de mirarlo.

Primero, porque tenía un ratón mascota y lo llevaba
con él en una bandejita y —no te lo pierdas—
¡vestían la misma chaqueta! (Esto, claro, también
contribuía al nombre del tipo, porque era obvio
que estaba un poco... er, ¡LOCO!)

Segundo, porque, ¡se parecía un montón a mi
amigo Theodore Swagmire III! Lo que no era nada
sorprendente, teniendo en cuenta que prácticamente
TODO EL MUNDO en el País de los Cuentos de
Hadas se parecía a alguien que yo conocía...

¡RICITOS DE ORO Y CAPERUCITA ROJA,
MIRANDO INCRÉDULAS AL RATÓN,
MIENTRAS YO MIRO AL SOMBRERERO LOCO,
QUE SE PARECE UN MONTÓN A THEO
SWAGMIRE!

"¡Bienvenidas al salón de té del Sombrerero Loco, señoritas! ¿Qué van a tomar?", ha preguntado.

"¡Hola! Yo tomaré un té con limón y miel y unas galletas de limón, por favor!", he pedido.

"Muy bien, ¿Y para usted, señorita?", le ha dicho a Ricitos de Oro.

"Yo quiero un té de frambuesa, ¡pero no demasiado caliente! ¡Ni demasiado frío tampoco! Creo que tibio será lo mejor. Y, a ver... las galletas crujientes de mantequilla de cacahuete son demasiado duras. Pero las galletas de té de la abuela son demasiado blandas. Supongo que los garabatos de canela son demasiado picantes, y las blanditas de vainilla, demasiado sosas. ¡Mejor tomaré las cookies con trozos de chocolate!".

"¡Me parece muy bien! ¿Y usted, señorita?", ha dicho dirigiéndose a Caperucita Roja.

"A mí me gustaría comentar un par de cosas antes de hacer mi pedido", ha dicho Caperucita.

"Encantado. ¡Dígame!".

"¡Pero qué sombrero tan GRANDE tiene!".

"Sí, es de mi color preferido, el verde. Fue un regalo de no cumpleaños de mi hermana".

"¿Ah, sí? ¡Pero qué ratoncito tan MONO tiene!".

"Lo tengo desde pequeño. Va conmigo a todas partes. Le encanta mordisquear el queso y las fresas".

"Claro, ¡pero qué tetera tan CHULA tiene!".

"¡Gracias! Era de mi abuela, a la que tengo mucho cariño, porque es tan dulce como el azúcar".

Empezaba ya a preguntarme cuánto duraría el interrogatorio de Caperucita cuando esta ha asentido con la cabeza y ha sonreído.

"¡Gracias por sus comentarios! A mí tráigame un té verde con azúcar doble y las galletas de tarta de queso y fresas".

¡MADRE MÍA!

Aquella merienda estaba ¡DELICIOSÍSIMA!

¡RICITOS DE ORO, CAPERUCITA ROJA
Y YO, ANTE UNA MERIENDA
INCREÍBLE!

Cuando estábamos a punto de acabar, han aparecido tres chicas en el salón de té, acompañadas de dos guardaespaldas y cinco guardias reales...

Llevaban vestidos preciosos y zapatos y joyas de lo más elegantes.

Al ver a Ricitos de Oro y a Caperucita Roja se han abalanzado sobre ellas y se han abrazado y se han dado besos al aire.

Yo estaba SUPERemocionada cuando Ricitos de Oro me las ha presentado. "Rapunzel, Blancanieves y Bella Durmiente, os presento a mi nueva amiga...".

Enseguida me he dado cuenta de que Rapunzel se parecía a mi amiga Marcy, Blancanieves se parecía a mi amiga Violet, y la Bella Durmiente se parecía a mi amiga Jenny. No podía dejar de mirarlas.

Ricitos de Oro ha seguido hablando: "Os presento a...".

"¡DOROTHY!", han chillado las tres chicas a la vez.

"¡Reconocería ese vestido en cualquier parte!", ha exclamado Rapunzel.

"¡Pues no! ¡NO es Dorothy!", ha dicho Ricitos de Oro. "Es...".

"¡ALICIA!", han chillado las tres chicas a la vez.

"¡Inconfundible con ese vestido!", ha dicho Blancanieves.

"Disculpad, chicas. Ya sé que lo del vestido azul y el delantal blanco lía un poco, pero en realidad me llamo Nikki y es un placer conoceros".

Las tres me han mirado, se han mirado entre ellas y han vuelto a mirarme.

"¡Encantada, Nikki!", ha dicho la Bella Durmiente. "Tu cara no nos suena. ¿En qué cuento sales?".

"¡Me temo que en NINGUNO!".

"¿De verdad?", ha dicho Rapunzel con expresión de sorpresa. "Pues eso es muy raro. ¡En el País de los Cuentos de Hadas TODO EL MUNDO tiene un cuento! ¿Ya has presentado una denuncia al Consejo del País de los Cuentos de Hadas? Te asignarán un cuento en el plazo de cuarenta y ocho horas".

"Sí, es bastante sencillo", ha dicho Blancanieves. "No tienes más que decirles si eres regia, renegada o pícara y te pondrán en algún cuento".

"Ya, pero es que yo no soy ninguna de esas cosas", he explicado. "He venido a parar aquí por algún extraño accidente, y estoy intentando volver a mi casa. Llevo dos días deambulando por el bosque. Como veréis, soy una...".

"¡RENEGADA!", han chillado las tres chicas, excitadas.

"¡Claro!", ha dicho Rapunzel.

"¡Seguro!", ha dicho Blancanieves.

"¡Fijo!", ha dicho la Bella Durmiente.

"¡... una NIÑA PERDIDA!", he dicho ya un poco mosqueada. "PERDIDA!". Aunque ya entendía por qué decían eso, sabiendo que yo deambulaba por el bosque y tal.

"¡Nikki, menuda SUERTE tienes!", ha exclamado Rapunzel. "Al menos eres independiente y te tratan como a una adulta. Yo me paso la vida encerrada en una estúpida torre y volviéndome MAJARA y no puedo ir a ningún sitio sin escolta real. ¿Crees que necesito estos canguros a sueldo? Encima, ¡mírame! ¡Siempre con ESTOS PELOS! Me encantaría llevar un corte de pelo SUPERcorto, pero ¡tengo que arrastrar esta trenza de casi seis metros! ¿Tienes alguna idea de lo que tardo en lavarme y secarme el pelo? ¡Diecinueve horas! Soy una adolescente, pero dedico la mayor parte del día a cuidarme el cabello."

"¡No me hagas hablar!", ha protestado la Bella Durmiente. "Dirigen nuestra vida al milímetro reyes, reinas, príncipes e incluso brujas que no conocemos de nada. Haz esto, haz lo otro, muerde la manzana, pínchate el dedo, cae dormida, despierta, suelta la trenza... ¡Estamos HARTAS de que nos manden tanto! Me gustaría mucho más vivir en una casita de chocolate que en un castillo enorme lleno de corrientes de aire. Y los sábados por la mañana me gusta dormir unas horitas. ¡¡¡NO unos CIEN AÑOS!!!".

"¡Pues yo os cambiaría el sitio!", ha reprochado Blancanieves. "¡Estamos cansadas de besar príncipes, ranas e incluso a siete enanitos! ¡Y no puedo aguantar ni una más de las ABURRIDAS fiestas a las que me hacen ir! ¡Daría lo que fuera por poder relajarme en el bosque sin que una bruja asquerosa intentara envenenarme con una manzana!".

Caperucita Roja, Ricitos de Oro y yo nos hemos quedado
MIRÁNDOLAS incrédulas. ¡¿Quién se iba a imaginar
que la vida de las princesas es tan PATÉTICA?!

¡RAPUNZEL, BLANCANIEVES Y LA BELLA
DURMIENTE, QUEJÁNDOSE DE LO PATÉTICO
QUE ES SER PRINCESA!

O sea que los regios piensan que la vida de los renegados es perfecta. Y los renegados piensan que la vida de los regios es perfecta.

Y supongo que entre los pícaros también habrá alguien que pensará lo mismo.

Total, que al parecer todo el mundo piensa que la vida de los demás es PERFECTA. ¡Imagínate!

¡Entonces se me ha encendido una bombilla y se me ha ocurrido una idea GENIAL!

"¡Escuchad! Si todas os sentís tan desgraciadas con vuestras vidas, ¿por qué no cambiáis un poquito las cosas?".

"¡¿QUÉ?!", han preguntado las cinco intrigadas.

"¿Por qué no os intercambiáis los cuentos o incluso los compartís? Se diría que a las renegadas os gustaría ir a alguna fiesta o tomar un baño de espuma. Y se diría que a las regias os gustaría relajaros por el bosque o ir de aventuras. ¡Pues hacedlo!".

Las cinco se han puesto a chillar a la vez y a dar saltos de emoción.

¡Les ENCANTABA mi idea!

"¿Y qué pasará con el Consejo del País de los Cuentos de Hadas?", ha preguntado la Bella Durmiente. "Hay reglas muy estrictas sobre dónde va cada personaje en cada cuento. ¡Nos podríamos meter en líos!".

"¿Qué más da, mientras se cuente la historia?", ha dicho Caperucita.

"Además, ¿cómo lo sabrán? ¡Será NUESTRO secreto!", ha añadido Blancanieves.

"Bueno, cuando el Consejo vea que con el nuevo sistema todo va bien Y todo el mundo es más feliz, seguro que lo acepta", he argumentado yo.

¡Algo me decía que en muy poco tiempo el País de los Cuentos de Hadas sería un lugar mucho mejor! Las seis nos hemos dado un abrazo de grupo conmigo en medio para celebrar un futuro brillante y emocionante.

¡¡LAS REGIAS, LAS RENEGADAS Y YO,
DÁNDONOS UN ABRAZO DE GRUPO!!

"¡Gracias por ayudarnos, Nikki. ¡Pero AHORA nosotras tenemos que ayudarte a TI a volver a casa!", ha dicho Caperucita Roja.

"Bueno, mi hada madrina me habló del Mago de Arroz", he dicho. "Pero no lo he encontrado".

"¡Un momento!", ha dicho la Bella Durmiente bostezando emocionada. "El mago va todos los años al Baile de Primavera que dan el rey y la reina, padres del Príncipe Azul, en su castillo. ¡Que es justamente ESTA NOCHE!".

"¡Es verdad!", ha dicho Blancanieves. "Es una fiesta privada solo para regios. Como estamos tan hartas de todo el ambiente de fiestas reales, no confirmamos y ahora, por desgracia, NO estamos en la lista de invitados. ¡Pero a lo mejor te podemos COLAR!".

"¡No! ¡Eso sería demasiado peligroso!", he dicho. "¡Solo me faltaba que alguna de vosotras se arriesgue a que la pillen y la castiguen por ayudarme! Lo tendré que hacer yo sola".

Tras pasar un rato discutiendo, las cinco lo han aceptado a regañadientes.

Nos hemos dicho adiós y yo he emprendido mi viaje de tres kilómetros hacia el Reino del Norte, donde reinan los padres del Príncipe Azul.

No tenía la menor idea de cómo iba a entrar en el castillo para asistir al baile. Y aunque lo consiguiera, ¿cómo iba a convencer al Mago de Arroz de que me ayudara, si no me conocía de nada?

La verdad es que las probabilidades de que mi plan funcionara eran prácticamente nulas.

Pero, si quería volver algún día a casa, ¡las de que fracasara NO me las podía ni plantear!

¡¡☹!!

RATONES Y CALABAZAS

Cuando por fin he llegado al Castillo del Príncipe Azul en el Reino del Norte, el baile real ya había comenzado.

El castillo de piedra de color crema era aún más majestuoso de lo que había imaginado. Tenía siete grandes torres con tejas multicolores que brillaban como piedras preciosas bajo el sol del atardecer.

Había una cuarentena de guardias reales vigilando el exterior del palacio.

Intentar saltármelos sería imposible. De entrada, ya les he debido de parecer sospechosa, porque uno de ellos ha venido directamente hacia mí y me ha lanzado una mirada furibunda.

"¡Disculpe, señorita! El baile real es con invitación. ¡Haga el favor de salir del recinto o tendré que detenerla por allanamiento de real morada!", ha vociferado.

¡Madre mía! ¡Imposible no reconocer aquel ceño fruncido!

Era don Gruñón, ¡el guardia de seguridad del concierto de los Bad Boyz! ¡Pero su placa decía "Sir Gruñón del Quinto Batallón Real".

Solo me faltaba que ahora me detuviera un guardia de seguridad con exceso de celo. Me he retirado enseguida por el sendero del castillo y, cuando nadie miraba, me he colado por una puerta de las caballerizas reales y me he escondido en un compartimento vacío.

Me he derrumbado sobre una bala de paja
y he contenido las lágrimas. Ahora necesitaba
más que nunca un hada madrina.

"¡BRIANNA! ¡Ayúdame! ¡Es una emergencia!", he
llamado en susurros desesperada.

He contenido el aliento y he esperado. ¡Pero ni
rastro de Brianna!

Los únicos que me han oído han sido tres caballos
de los compartimentos vecinos, que me han mirado
con curiosidad.

He estado allí escondida un par de horas y supongo
que me he dormido, porque lo único que recuerdo son
las palmaditas de alguien en el hombro.

¡Me he muerto del susto! ¡Seguro que era don Gruñón
que había descubierto mi escondite y estaba a punto
de detenerme por allanamiento de real morada.

Pero lo que he visto al abrir los ojos era una cara
sonriente con ojos centelleantes, pegada a mi nariz.

iiYO, PASMADA Y SORPRENDIDA
POR UNA VISITA INESPERADA!!

He tenido que parpadear varias veces para enfocar bien
iy he visto que era Brianna, mi hada madrina!

"iDIOS MÍO! iBrianna! i¿Dónde te habías metido?!".

"¡Siento llegar tarde, había mucho tráfico!", ha dicho alegremente.

"¡Menos mal que has venido!", he contestado.

Ha consultado la hora en su reloj. "¡Por todas las varitas! ¡Si son casi las once!", ha exclamado. "¡Tenemos que llevarte al baile real antes de medianoche!".

"¡Vale, sí! ¡Arréglame!", he gritado. "Por si hay algún príncipe guapo, quiero un vestido corto, pero no demasiado. Y que brille, pero no demasiado. Y...".

"¡CHIS! ¡La profesional soy yo!", me ha interrumpido Brianna mosqueada. "¡Déjame a mí hacer mi trabajo!".

"¡Lo siento! Es la impaciencia", he dicho. "Adelante".

"¡Gracias!", ha contestado Brianna alzando la varita mágica y recitando: "¡Tipiti topi tipu, un vestido bien ceñido lucirás tú!".

Me ha envuelto una nube de humo y, cuando se ha disipado, me he quedado sin palabras...

YO, SIN PALABRAS AL VER QUE MI VESTIDO
ESTABA HECHO CON EMBUTIDOS

Iba vestida de arriba abajo con todo tipo de carne y embutidos. Los pendientes y las pulseras eran de albóndigas.

"Er... Me siento como si estuvieran a punto de servirme con pan y mostaza", he murmurado.

"¡No, burra! ¡He dicho 'vestido bien ceñido', ¡no SURTIDO de EMBUTIDOS!", ha regañado Brianna a su varita.

"Er... ¿este es el vestido que llevaré?", he preguntado.

"No, espera. ¡AH! ¡Ya lo entiendo! No había activado el reconocimiento de voz", ha dicho Brianna entre risitas forzadas.

Ha tocado algunas teclas de la varita y se la ha acercado a la boca para hablar. "¡Probando, probando! ¡Un, dos tres! ¡¿Ya funciona?!".

"¡Estupendo! ¡Probaremos otra vez!, ha dicho Brianna. "Tal y cual y pascual, un vestido bien ceñido ¡y ya está!".

"¡Ahora sí! No es por presumir, pero ¡este vestido es MAGNÍFICO!", ha dicho Brianna orgullosa.
"¿Qué te parece tu nuevo aspecto? ¡Ah, claro, necesitas un espejo!".

¡PUF!

Brianna ha hecho aparecer un espejo.

Me he mirado y he flipado.

"¡Madre mía! ¡Estoy guapísima!".

He dado vueltas para hacerlo volar. "¡Gracias!".

"De nada, ¡pero ahora hay que correr! ¡Aún me falta hacer aparecer la carroza y el caballo!".

Junto a la puerta trasera del establo había un ratoncito mordisqueando una calabaza.

"¡PERFECTO!", ha exclamado Brianna. "¡Retírate un poco y alucina con mi extraordinario poder!".

¡¡PUF!!

¡Este hechizo ya NO ha funcionado
tan bien!

¡YO, NADA IMPRESIONADA
CON LA CARROZA Y EL CABALLO!

¡La pobre Brianna se sentía fatal!

"¡No te preocupes, Brianna!", le he dicho para
consolarla. "El castillo está a la vuelta de la esquina.
La verdad es que no necesito carroza y caballo".

"¿Seguro? Mira que con un par de ajustes a mi varita a lo mejor lo puedo arreglar...".

"No, de verdad, caminaré. ¡Necesito hacer ejercicio!".

"¡Buena idea!", ha dicho Brianna tirando la tarta de calabaza y el ratón. "¡El ejercicio nunca sobra!".

La he atraído hacia mí y la he abrazado muy fuerte. "Te agradezco mucho muchísimo lo que estás haciendo por mí. ¡Encontraré al Mago de Arroz y me devolverá a mi casa al instante!", he dicho emocionada.

"¡Saluda de mi parte al rey y a la reina! ¡Ah!, y recuerda que el encantamiento se acabará a medianoche, cuando el reloj dé...".

"¡Las doce campanadas! ¡Sí, me sé el cuento!", la he interrumpido. "¡Gracias y adiós!".

He corrido hacia la entrada del castillo lo más deprisa que mis zapatos de cristal me permitían. ¡¡☺!!

¡Me costaba mucho creer que de verdad iba a acudir a un baile en el Castillo del Príncipe Azul! Sabía que lo principal era encontrar al Mago de Arroz, ¡pero la idea de codearme con la realeza era SUPERemocionante!

Al acercarme a la entrada, todos los guardias se han puesto... ¡en guardia!

Y justo entonces he recordado que NO tenía invitación. O sea, aún cabía la posibilidad de que me detuvieran allí mismo por allanamiento de real morada. ¡Genial! ¡¡☹!!

He respirado hondo y he pasado deprisa por delante de los guardias que custodiaban la enorme puerta, sin que ~~don~~ sir Gruñón me quitara su ojo desconfiado en ningún momento.

Al entrar en el salón de baile, unos trescientos invitados, todos ellos vestidos de gala, se volvieron a mirarme, señalándome y cuchicheando...

YO, HACIENDO MI GRAN ENTRADA
EN EL SALÓN DE BAILE

El salón de baile era inmenso y aún más bonito de lo que había imaginado. Tenía unas escaleras monumentales con suelos de mármol.

De las paredes colgaban bellos tapices y del techo central, dos enormes lámparas de araña con docenas de velas encendidas. La orquesta real tocaba un vals.

Llevaba diez minutos deambulando por el salón en busca de un hombre de mediana edad que pudiera ser el mago cuando se me ha acercado un joven.

"Disculpad, señora, pero sería un gran honor para mí que me concedierais este baile".

¡MADRE MÍA! ¡Casi me desmayo allí mismo!

No podía dejar de mirar los preciosos ojos marrones de una versión galante y principesca de ¡BRANDON ROBERTS!

Me ha tendido la mano y yo he sonreído nerviosa y completamente colorada. Como hago SIEMPRE que estoy cerca de mi amor secreto, Brandon...

YO, ¡¡FLIPANDO CUANDO BRANDON
ME HA INVITADO A BAILAR!!

"Soy el príncipe Brandon, encantado de conoceros".

"Encantada, me llamo, er... Nikki", he tartamudeado.

"Bienvenida al Castillo del Príncipe Azul, princesa Nikki". Ha sonreído. "¿De dónde sois?".

¡NO podía creer que me acabara de llamar "princesa Nikki"! ¡Como si estuviera en un cuento de hadas!

¡Un momento! ¡ESTABA en un cuento de hadas! ¡YAJUUUUU! ¡¡☺!!

"Es que no soy de vuestro mundo... er, quiero decir, de vuestro reino", he contestado.

"¿Y qué os trae por aquí, Alteza? ¿Estáis visitando a parientes o amigos?".

"Estoy buscando a alguien. Es un asunto personal muy importante. Tal vez vos lo conozcáis".

Brandon ha puesto cara de decepción. "Entiendo pues que vuestros padres ya han concertado vuestro matrimonio. Si es así, mis mejores deseos. Es un hombre muy afortunado".

"¡NO! ¡NADA de eso! ¡No es nada de eso!", he reído. "Estoy buscando al Mago de Arroz".

"¿El Mago de Arroz, eh? ¿Puedo preguntar para qué?".

"Tiene que ver con, er... mis trámites de viaje. Para volver a mi... reino. Me han dicho que esta noche estaría aquí", he dicho mirando otra vez por todo el salón.

"Pues es un conocido de mis padres, pero me ha parecido oír que lo han llamado por un asunto importante para la Reina de Corazones".

"¿O sea que el mago NO ESTÁ aquí?", he preguntado intentando disimular mi decepción.

"No. Pero si para vos es importante verlo, os escoltaré hasta el castillo de la Reina de Corazones. Haré que la guardia real os prepare un carruaje cuando me digáis. Está tan solo a unos cuatro kilómetros al oeste", ha dicho Brandon sin apartar sus ojos de los míos.

Agradecía el ofrecimiento del príncipe Brandon, pero si sir Gruñón acababa deduciendo quién era yo, ÉL sí que me escoltaría... ¡directamente a las mazmorras reales, por allanamiento! Solo me faltaba que el príncipe Brandon se metiera en líos por intentar ayudarme a MÍ.

"¡Gracias! De verdad que agradezco vuestro generoso ofrecimiento, pero no será necesario", he dicho. "Si está a pocos kilómetros de aquí, puedo ir andando".

Me ha mirado incrédulo. "¡¿SOLA?! ¡¿Por el bosque?! ¡Pocas princesas se plantearían algo así!".

"¡Pasear por el bosque puede ser bastante emocionante!", he sonreído. "Bueno, ¡al menos de día!".

"Bueno, si cambiáis de idea, hacédmelo saber. No me iría nada mal un poco de emoción en MI vida". Ha suspirado. "Hay tanto por explorar al otro lado de los muros de este palacio! ¡Pero es imposible cuando tienes siempre a ocho guardias reales escoltándote! ¡Porque mis padres se empeñan! ¡Estoy hasta la corona de mis tediosas obligaciones principescas!".

"¿Cómo? ¡¿Y el caballo blanco, la brillante armadura, las misiones épicas y las doncellas en apuros?!", le he dicho para provocar.

"Los únicos que se pueden permitir ser héroes de verdad son los renegados. ¡Daría lo que fuera por ser uno de ellos por un día! A mí, en cambio, ¡me PERSIGUEN las fans histéricas y me ACOSAN las brujas obsesivas que quieren convertirme en rana!".

"¡¿En RANA?!", he dicho riéndome. "¡¿Por eso dicen aquello de que tienes que besar muchas ranas antes de encontrar a tu príncipe?!".

¡¡¿BRANDON, COMO UNA RANA ADORABLE?!!

195

"Pues NO tiene gracia", ha dicho Brandon lacónico. "Y para colmo, a mis amigos lo único que les gusta hacer es vagar por mi castillo, jugar a polo y montar fiestas".

"¡Vaya, vaya, príncipe Brandon! Mucho me parece que deberíais buscar NUEVOS amigos", he bromeado.

"Sabio consejo. Pues ya está decidido: ¡VOS, princesa Nikki, seréis mi NUEVA mejor amiga!", me ha dicho Brandon guiñándome un ojo.

"Pues bien, vuestra nueva mejor amiga cree que ¡seríais un héroe FANTÁSTICO!", le he dicho emocionada. "¡Deberíais perseguir vuestros sueños!".

"Me gustaría mucho", ha contestado, con expresión abrumada. "Pero ¿qué dirían mis padres?".

"¡Dirían que están muy orgullosos de vos! ¡Lanzaos!".

Los nuevos ánimos han empezado a disipar la preocupación que expresaba su cara.

"Creo que sois la primera persona que me entiende de verdad, princesa Nikki. Aunque acabemos de conocernos, me parecéis una amiga en la que confiar. Como si os hubiera conocido en otra vida."

"¡Claro! Digo, er... vos también... ¡parecéis buena persona!".

Ha sonreído y me ha mirado a los ojos, y yo he sonreído y le he devuelto la mirada.

Y hemos estado así, sonriéndonos y mirándonos lo que me ha parecido ¡UNA ETERNIDAD!

Cuando los músicos han empezado otra vez a tocar, Brandon me ha tomado de la mano y me ha sacado a la pista de baile.

¡MADRE MÍA!

Bailar con él era TAN romántico...

En el salón, casi todo el mundo nos miraba y supongo que se preguntaban quién era yo.

EL PRÍNCIPE BRANDON Y YO, ¡BAILANDO!

Hemos bailado, reído y hablado. Hubiera querido que la noche no se acabara nunca.

"Nunca había conocido a nadie como vos, princesa Nikki. Sois MUY... ¡diferente!", ha dicho Brandon.

"¿Es eso malo?", he preguntado.

"¡Sois inteligente, divertida y aventurera! ¡Y muy de mi agrado! ¿Puedo volver a veros? Viajaré hasta vuestro reino, no me importa si está lejos".

"¡A mí también me gustaría volver a veros!", he exclamado. "Pero, lamentablemente, ¡no creo que sea posible!".

"¡TODO es posible, Alteza!".

Y el príncipe Brandon me ha mirado tan profundamente a los ojos ¡que casi se me para el corazón!

¡¡Yajuuu!!

Luego se ha inclinado hacia mí para darme el BESO de cuento de hadas perfecto y...

YO, ¡¡MUERTA DEL SUSTO PORQUE
YA SON LAS DOCE!!

¡Nuestro beso perfecto de cuento de hadas había sido bruscamente interrumpido!

"¡Madre mía! ¡¿Ya son las doce?!", he gritado.

Tenía que salir de allí rápidamente, antes de volver a convertirme en... bueno, ¡en MÍ MISMA!

"¿Pasa algo?", ha preguntado Brandon, preocupado.

"Er... ¡¡SÍ!! Quiero decir, ¡¿NO?! Simplemente... ¡Tengo que irme!".

"¡¿QUÉ?! ¡Pero si el baile aún no ha terminado!".

"¡Lo sé! ¡Pero tengo que irme ya! Es una... ¡emergencia!".

El príncipe Brandon parecía herido y sorprendido. "No lo entiendo. ¿He dicho algo malo?".

"¡No! Ojalá os lo pudiera explicar, pero no puedo. ¡De verdad que lo siento!".

"¡Princesa Nikki! ¡Os lo ruego! ¡No partáis!".

"¡Me ha encantado conoceros! ¡Adiós!".

"Pero ¿cuándo volveré a veros? ¡NECESITO volver a veros!", me ha rogado Brandon. "¡Por favor! Decidme al menos dónde vivís!".

Parece que siempre que las cosas van sobre ruedas en mi vida, ¡el desastre se abate como una paloma diarreica que hace sus necesidades sobre mi cabeza!

Aunque conocía el guión de *Cenicienta*, estaba bastante triste por cómo habían ido las cosas.

¡Es que a quien estaba dejando PLANTADO en el baile no era a un príncipe CUALQUIERA!

Era mi amor secreto, ¡BRANDON! ¡Y justo en mitad de un BESO! ¡¡☹!!

¡TAN! ¡TAN! ¡TAN! seguían resonando las campanadas del reloj.

Me he girado, he cruzado la pista de baile corriendo y he subido la escalera central.

YO, ¡¡PLANTANDO DE FORMA MUY GROSERA
AL PRÍNCIPE BRANDON EN EL BAILE!!

Si alguna vez has llevado tacones, sabrás que correr
con ellos prácticamente te garantiza una visita
al hospital.

Y no precisamente taconeando.

Por suerte, solo he perdido un zapato. Sí, como
en el cuento.

Mientras corría hacia la puerta, he vuelto a atraer
la atención de todos los que estaban en el salón
de baile, que me señalaban y cuchicheaban.

He pensado: "¡¡GENIAL!! ¡¡☹!!".

¡Me sentía fatal dejando plantado al príncipe
Brandon en mitad del baile! Pero no tenía otro
remedio. ¿O sí?

¡¿Qué chica no querría ser una princesa, casarse
con un príncipe guapo y vivir felices para siempre?!

En la puerta he dudado un segundo y me he vuelto
para mirar atrás...

¡Me sentía tan triste por Brandon! ¡¡Y TAN confundida!!

Pero se merecía una princesa DE VERDAD.

¡No una QUIERO Y NO PUEDO como YO!

¡He suspirado y me ha invadido una profunda tristeza. Me he vuelto a girar y he cruzado corriendo la puerta. Nada más pasar la guardia real ha empezado a desaparecer el encantamiento.

Vestida con la ropa de antes, me he colado en las caballerizas reales en busca de mi escondite en el compartimento del fondo. Las aventuras de la noche me habían dejado tan exhausta moral y físicamente que me daba igual dormir en la paja áspera y maloliente.

Por la mañana iría al castillo de la Reina de Corazones, y allí convencería al Mago de Arroz para que me ayudara a regresar a casa.

He intentado dormir, pero no podía dejar de pensar en el príncipe Brandon y en sus ojos coladitos. ¡¿Cómo podía haber sido tan CRUEL?!

Me pesaban tanto los remordimientos que he llorado hasta quedarme dormida.

 ¡¡☹!!

EN EL CASTILLO DE LA REINA DE CORAZONES

Me he despertado de buena mañana y he partido hacia el castillo de la Reina de Corazones. Rezaba para que el mago siguiera allí.

Aún me sentía bastante mal por haber dejado plantado al príncipe Brandon en el baile. ¡Con lo majo que es!

Pero seguro que en alguna parte hay una chica perfecta para él. Y desde luego no soy YO.

Ahora mismo mi único objetivo en la vida era encontrar la forma de volver a casa. Y empezar una relación con un príncipe muy guapo del País de los Cuentos de Hadas solo hubiera servido para complicar las cosas.

Además, ¡bastantes dolores de cabeza tengo ya con UN solo Brandon!

¡¿Ya me dirás CÓMO lo haría con DOS?!

En fin. Casi sin darme cuenta me he encontrado delante del castillo de la Reina de Corazones...

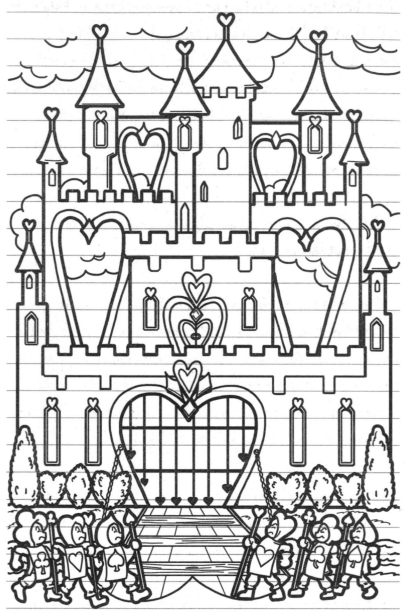

¡¡EL CASTILLO DE LA REINA DE CORAZONES!!

¡Era bastante evidente que la reina estaba totalmente OBSESIONADA con los corazones! ¡Los había a cientos! Hasta las puertas y las ventanas del castillo tenían forma de corazón. En la entrada principal había un grupo de guardias marchando de un lado a otro en formación. Tras unos minutos, al final he reunido el valor necesario para acercarme a uno de ellos.

"¡Disculpad, señor! ¿Hay alguna manera de que pueda hablar con el...?".

"¿Qué estáis haciendo aquí, señora? ¿No os habéis enterado? ¡La Reina de Corazones ha decretado toque de queda! ¡Algún usuario de magia muy poderoso y peligroso está aterrorizando a nuestros ciudadanos y pretende derrocar a Su Real Alteza la Reina. ¡Todo el reino está en estado de alerta máxima!".

"¡Caramba! ¡Pues no tenía ni idea! ¿No se llamará por casualidad MacKenzie? He oído a los munchkins quejarse de ella porque hace días que los acosa".

"¡De manera que CONOCE al criminal!", ha gritado mientras llamaba con gestos a los otros guardias.

"Pues... ¡no! La verdad es que NO sé seguro QUIÉN es esa persona. Solo lo pregunta-taba", he tartamudeado.

"La reina ofrece una jugosa recompensa por cualquier información que nos ayude a capturar al malvado malhechor. Y ha ordenado al usuario de magia más importante del país que detenga a esa persona. Creo que es conveniente que habléis con él. Venid conmigo, por favor".

"Me encantaría ayudarles, pero tengo que irme de su reino muy pronto. De hecho, de un momento a otro. ¡Lo siento muchísimo!".

Pero los guardias me han rodeado de un salto.

"Es urgente que os presentéis ante el Mago de Arroz. ¡Seguidme, señora! ¡ATENCIÓN, GUARDIAS! ¡FORMEN FILA! ¡EN MARCHA!".

¡No podía creer lo que oía! ¡¡Me iban a escoltar hasta el castillo para ver al mago!!

¡¡¡YAJUUUUU!!! ¡¡¡☺!!!

¡Mi sueño se había hecho realidad! Ahí estaba, en mitad del gran vestíbulo, el mismísimo...

¡¡¡GRAN MAGO DE ARROZ!!!

Reconozco que al principio me he quedado pasmada y sorprendida con lo mucho que se parecía al director de mi instituto, el señor Winston.

Pero mira... ¡¡Por mí como si se parece a un lagarto con dos cabezas, tres ojos, un bigote y una extensión cutre!!

¡Por fin iba a volver a CASA!
¡YAJUUUUU! ¡☺!

¡De TAN contenta que estaba me hubiera puesto a llorar!

"¡Hola, señor Mago! ¡Llevo una ETERNIDAD buscándoos! ¡Me llamo Nikki Maxwell! Y pensaba que tal vez podríais ayudarme PORFA, PORFA...".

De pronto se le ha borrado la sonrisa, me ha escudriñado con la mirada y me ha gritado:

"¡¿Has dicho que te llamas Nikki Maxwell?!".

"Sí, bueno...", he respondido casi sin voz. El mago se ha sacado rápidamente del bolsillo un gran pergamino y lo ha abierto.

Se ha puesto a leerlo gesticulando mucho y haciendo resonar la voz: "¡Nikki Maxwell, la Bruja más Malvada del Reino Desconocido! Por orden de la Reina de Corazones os exijo que ceséis y desistáis en vuestro empeño de aterrorizar a los ciudadanos de este humilde reino con vuestra magia oscura y malvada. ¿Estáis preparada para presentaros ante vuestros acusadores?".

No tenía ni la menor idea de qué estaba hablando aquel tipo. ¡Yo NO era ninguna bruja malvada! ¡Tenía que haber algún error!

"¡¿Mis acusadores?! ¡¿Qué acusadores?!", he balbuceado.

"¡Guardias! ¡Traed a los acusadores!", ha ordenado el mago.

Han traído a un pequeño grupo, que se me ha plantado delante FULMINÁNDOME con la mirada...

¡ASÍ QUE ESTOS SON MIS ACUSADORES!

La primera vez que he visto a la Reina de Corazones me he asustado un poco, la verdad. Se parecía un montón a aquella patinadora famosa, Victoria Steel, del espectáculo de patinaje en el que participé en diciembre.

Me ha entrado un escalofrío. ¡¡Aquella mujer era una VANIDOSA, MEZQUINA y LOCA!!

En el resto del grupo estaban:

1. Mackenzie – Vale, puede que estuviera MUY mosqueada por el hecho de que aterrizara sobre ella cuando llegué al País de los Cuentos de Hadas. Y además AÚN llevaba SUS zapatillas mágicas (pero no sé si se había dado cuenta porque se habían convertido en un par de bonitas merceditas negras).

2. El Lobo – SEGUÍA vestido de abuelita y SEGUÍA enfadado por lo de su cola arrancada y tal. Lo que, por cierto, ¡había sido SOLO un accidente!

3. Los Tres Osos – Sí, mi amiga Ricitos de Oro había trasteado bastante por su casa Y se había comido su sopa. O sea que entendía perfectamente que

estuvieran un poco enfadados. ¡Pero les había dejado una bandeja entera de frutos secos y frutos del bosque! ¿No les pareció SUFICIENTE compensación?

De repente, MacKenzie se me ha acercado, me ha plantado el dedo en la cara y ha chillado "¡SÍ! ¡Es ELLA! ¡Intentó asesinarme brutalmente! ¡Y creo que me robó mis zapatillas de marca y las ha escondido! ¡Es una usuaria de magia muy malvada y poderosa que planea eliminar al mago y conquistar el castillo y el reino de la Reina de Corazones! Aunque parezca tan inocente y tonta, ¡no os fieis de ella ni por un segundo!".

¡¡NO me podía creer que MacKenzie estuviera diciendo tantas MENTIRAS sobre mí en mi CARA!! Por eso estaban ~~tan~~ aún MÁS ENFADADOS conmigo.

"¡Ha habido un grave error! ¡Yo no he hecho ninguna de esas cosas horribles que dice! ¡Bueno, vale, algunas! Pero otras fueron solo por accidente. Por favor, Alteza, ¡os lo suplico! ¡Haced algo! ¡Cualquier cosa!".

¡Y la Reina de Corazones me ha hecho caso! ¡Ha hecho algo! Me ha señalado y ha gritado...

Luego ha anunciado que al amanecer sería juzgada
por mis delitos contra el reino.

¡¡GENIAL!! ¡¡☹!!

Entonces va MacKenzie, se me acerca ¡y me abraza!

"¡Pobrecita! ¡Lo siento muchísimo! Pero lo más
importante durante este mal trago es que
mantengas la calma y NO pierdas la cabeza. ¡Ups!
¿He dicho "perder la cabeza"? ¡PERDÓN!".

Y se ha ido contoneándose. ¡Qué RABIA me da
que haga eso!

Intentaba ser optimista. Estaba segura de que la
reina se daría cuenta a tiempo del ENORME error
que había cometido.

Y, si realmente me juzgaban, no me cabía ni un
ápice de duda de que todos mis nuevos amigos del
País de los Cuentos de Hadas testificarían diciendo
que no soy una delincuente.

Lo difícil sería encontrarlos a todos antes de mi juicio al amanecer.

Me disponía a salir del castillo para ir a buscar testigos cuando los guardias me han detenido.

"¡No tan deprisa, señorita Bruja Malvada de... de lo... ¡Desconocido...!".

"¡NO soy una bruja malvada!", he gritado.

"¡La reina me ha dado órdenes concretas para que os encierre hasta el momento de vuestro juicio y ejecución! De manera que ¡a las MAZMORRAS! ¡¡Compartiréis una celda con las ratas!!".

"¡¡¿MAZMORRAS?!! ¡¡¿RATAS?!! ¡¡¿EJECUCIÓN?!!", he dicho con la voz entrecortada.

Luego he respirado hondo y he gritado con todas mis fuerzas...

"¡¡BRIANNA!! ¡¡SOCORROOOOO!!".

Por desgracia, Brianna no ha aparecido. ¡¡PARA VARIAR!!

Brianna tiene MUCHA suerte de que la Reina de Corazones me haya encerrado toda la noche. Porque, si no, ¡habría ido directamente al Consejo del País de los Cuentos de Hadas y habría presentado una reclamación contra ella por "hadamadrinaje negligente" (o cómo se diga) y habría exigido su sustitución inmediata!

Los guardias me han escoltado y me han hecho bajar tres pisos de escaleras, directamente a las entrañas del castillo.

¡¡Y me han dejado encerrada en aquella mazmorra fría, húmeda y oscura!!

Sentada en un duro banco de madera, temblando bajo una manta sucia y raída, he visto dos cosas muy claras.

¡¡Nunca volvería a casa y allí acababa mi VIDA!!

LA CENA DE LA VÍSPERA DE MI EJECUCIÓN

"¡Levantaos, indolente gandula!", ha gritado el Halcón —o en este caso, sir Halcón— golpeando los barrotes de la mazmorra con su espada.

¡CLANC! ¡CLANC! ¡CLANC!

Me había dormido y me he despertado asustada y confundida. Solo habían pasado cinco o seis horas pero a mí ya me parecían muchos días. "¿Qué pasa?", he murmurado medio dormida.

"¡Se os espera en la Cena de la Víspera de la Ejecución!", ha contestado sir Halcón mientras abría la puerta de la mazmorra. "¡Daos prisa! ¡NO debéis hacer esperar a Su Alteza! ¡Es MUY impaciente!".

"¡Váyase! ¡NO tengo hambre!", he gruñido, tapándome la cabeza con la manta como hacen los niños.

"¡NO tenéis otra opción!", ha gruñido. "Si la reina os dice que comáis, ¡COMERÉIS! ¡O ya podéis decir ADIÓS a vuestra preciosa CABECITA! ¡¿Entendido?!".

Me he quitado la manta de la cabeza y he lanzado una mirada fulminante a aquel tipo.
Y le he dicho...

"¡LO SIENTO, TÍO! ¡PERO YO ME VOY A QUEDAR AQUÍ EN MI CELDA! ¡YA ME DESPERTARÁS **DESPUÉS** DE MI EJECUCIÓN!".

Sir Halcón se ha sacado de la bota un bocadillo de salami de dos palmos de largo y se lo ha zampado de un bocado. Luego ha eructado como un oso.

"¡Escuchadme, doña pelagatos, esto no es ninguna broma! Si no os llevo ante la reina, me ejecutará a MÍ!", ha dicho con la voz entrecortada.

"¡Esa mujer es MALVADA y da MIEDO!".

Aunque la prisionera era yo, el hombre me ha dado pena. Al final he aceptado acudir a la cena de la reina.

He ido con la intención de pillar algunas alitas de pollo, ponche y pastel y volver a mi celda. Pero, por desgracia, la reina había planeado para mí una velada mucho más completa.

Me ha sorprendido que hubiera tanta gente. Todos iban de gala, con vestidos largos y esmóquines, hablando alegremente y comiendo entremeses. La reina también estaba allí, ¡y estaba completamente FURIOSA por algo!

Me ha señalado con el dedo y ha empezado a gritar como si hubiera perdido la cabeza o algo por el estilo.

YO, EN UNA AUDIENCIA
CON LA REINA DE CORAZONES

"¡¡LLEGAS TARDE!!", me ha gritado. "¡¿Sabes lo MAL que me has hecho quedar delante de MIS invitados?! ¿Cómo se supone que he de celebrar una Cena de Víspera de Ejecución si la persona a la que voy a ejecutar no está aquí?".

"¡Lo siento mucho, Alteza! No era mi intención llegar tarde, pero estaba encerrada en vuestras...".

"¿Y cómo es que aún llevas esos horribles trapos de campesina? ¡¿No te da VERGÜENZA?! ¡¿Quieres dejarme en ridículo delante de mis invitados?!".

"No lo tenía fácil para ir a comprar un vestido", he contestado sarcástica. "Por si no lo recordabais, llevo todo el día encerrada en vuestras mazmorras".

"¡No me vengas con EXCUSAS!", ha chillado la reina. "Si me ARRUINAS mi cena de ejecución, mandaré que ¡¡TE CORTEN LA CABEZA!! ¿Entiendes?".

Asentí. Al rey, que hubiera jurado que era mi asesor del periódico del instituto, el señor Zimmerman, se le veía nervioso sentado al lado de su mujer.

"Disculpad mi intromisión, querida", ha dicho vacilante, "pero, técnicamente, la vas a ejecutar de todas formas. O sea que...".

"¡¡¡¡¡SILENCIO!!!!!", ha bramado la reina.

"Sí, que-querida. ¡Habrase visto! ¡Qué atrevimiento el mío!", ha respondido el rey nervioso. "¿Qué te parece si te voy a buscar un ponche, cariño?".

"¡Hola, holitas! ¡Ya estoy AQUÍ!", ha chillado alguien.

No podía creer lo que veía cuando MacKenzie ha entrado contoneándose en la fiesta vestida con un vestido de bruja de brillante raso negro y armada con una escoba de oro con diamantes incrustados.

"¿A que estoy deslumbrante?". Se ha puesto a revolotear como si estuviera en un pase de modelos. "¡Mirad bien, queridos! Os presento a ¡TOPBRUJA!".

¡Esa chica es desesperante! ¡La tontería que se había inventado ahora MacKenzie para decir que era una bruja modelo...!

MACKENZIE, LA "TOPBRUJA"
MALA DEL OESTE

227

"Mira, chica, aquí lo único TOP que hay es el TOPO que tienes por CEREBRO!". Pero solo lo he dicho en el interior de mi cabeza y nadie más lo ha oído.

"¡Pero mira quién ha venido! ¡Mi amiga la Bruja del Oeste!", ha exclamado la reina. "¡Estás divina, como siempre!". Y se ha ido a hablar con ella.

Allí me he quedado, sola, asustada y desesperada por escapar. Pero los guardias de la reina bloqueaban todas las salidas. He suspirado y he bajado la cabeza.

"¡¡Estoy PERDIDA!!", he gemido, masticando una albóndiga fría y grasienta de molleja de pato.

"¡PSSSSST!", he oído decir a alguien.

He mirado a mi alrededor, pero no he visto de dónde venía la voz.

"¡PSSSSST!", he oído otra vez.

De pronto he visto un enorme tiesto detrás de mí. ¡Antes no estaba! Las hojas de la planta se han movido y entre ellas ha aparecido una cara sonriente.

"¡AY, qué SUSTO!", he gritado...

YO, ASUSTADA AL VER APARECER
UNA CABEZA DE DENTRO DE UN TIESTO

"¡¿Bri–Bri–Brianna?! ¿Eres tú?", he balbuceado conteniendo la emoción.

¡YO, ABRAZANDO MUY FUERTE A BRIANNA!

230

"Pues claro", ha contestado. "¿O creías que te iba a abandonar y permitir que te ejecutaran?".

"¡MADRE MÍA! ¡Qué contenta estoy de verte!", he gritado. "¡Sácame de aquí, por favor!".

"¡Cálmate, colega, o me van a descubrir!", me ha susurrado la planta... digo, Brianna.

"¡Es verdad, perdón! ¡Eres mi salvación!", he exclamado. "¿Cuál es tu plan? ¿Cómo me vas a sacar de aquí?".

Brianna se ha rascado la cabeza con la mano-hoja. "Pues ahora que lo preguntas... ¡aún no lo he pensado!".

"¡¿Faltan menos de doce horas para que me ejecuten y NO tienes ningún plan?!", he chillado. En voz baja.

"¡Lo siento! ¡Pero he pasado medio día pensando cómo colarme en este castillo! ¡No ha sido fácil encontrar este disfraz tan genial! ¿A que parezco una planta de interior de verdad?".

"¡Uf, Brianna!", he gemido, SUPERenfadada. "Pues estoy igual que antes... ¡PERDIDA!".

"¡No seas tan pesimista! Dame un poco de tiempo, ¿vale?", ha dicho Brianna. "Enseguida se me ocurrirá un plan brillante, confía en mí. Pero, mientras tanto, intenta disfrutar de tu fiesta, ¡que para algo ERES la invitada de honor! Por cierto, ¡felicidades!".

¡La hubiera matado!

"En fin, tú lo que tienes que hacer es mantener distraída a la reina. Y, hagas lo que hagas, no digas nada de una planta parlante con coletas", me ha dicho.

"¡Vale!", he contestado levantando el pulgar.

"¡Ah, una cosa...!", ha añadido Brianna. "¡Y es MUY, MUY importante!".

"¿Qué quieres que haga?", he preguntado.

"Es que... de tanto esconderme y espiar me ha entrado mucha sed", ha dicho. "¿Me puedes hacer el favor de regarme? Con unos cinco litros ya llegará".

"¡¿REGARTE?! Brianna, ¡creo que te estás tomando esto de la planta demasiado en serio!".

En ese preciso instante el mayordomo real ha hecho sonar una campanilla para llamar a todos a la mesa.

"¡Damas y caballeros, que empiece la fiesta de la Víspera de la Ejecución!", ha declarado la reina entre los aplausos de los presentes. "Gracias a todos por venir. Lo único que me gusta más que ver rodar cabezas es celebrarlo con todos VOSOTROS, mis leales súbditos!".

He tragado saliva y he lanzado una mirada de terror a Brianna. "¡¿Tú has oído lo que han dicho?!", he susurrado. "¡Esta mujer está loca de atar!".

"¿No lo dirás por la ejecución?", ha apuntado Brianna. "¡Hay que estar definitivamente loca para decorar la sala con estos corazones rojos tan horteras cuando ni siquiera es San Valentín!".

La hubiera vuelto a matar.

"¡Uy, perdón!", ha susurrado. "En fin, será mejor que regreses a la fiesta antes de que se vuelva a enfadar. No vaya a ser que pierda los estribos y mande ejecutarte DURANTE la cena de celebración de tu ejecución!".

Por desgracia, y por surrealista que sonara, tuve que admitir que Brianna tenía razón. ¡¡☺!!

"Vale, Brianna, ¡suerte con lo de pensar un buen plan de rescate y hasta luego!", le he dicho esperanzada mientras la volvía a abrazar.

Cuando me he girado, he chocado con... ¡¡MACKENZIE!! ¡¡☺!! ¡MADRE MÍA! ¡Me he hecho pis encima!

"Sé que hay gente que abraza árboles, pero ¿abrazar plantas?", se ha burlado. "¿Qué está pasando aquí?".

"Los expertos di—dicen que hablar con las p—plantas las ayuda a cre—crecer", he tartamudeado.

"¡GUARDIAS! ¡Tengo alergia a las plantas alevosas y traidoras! Troceadla y arrojarla al fuego ¡AHORA!", ha aullado MacKenzie.

EL GUARDIA, ¡¡TROCEANDO
LA PLANTA BRIANNA!!

¡Llevo horas llorando! ¡¿Cómo es posible que MacKenzie haya ASESINADO a mi hada madrina?!

¡Brianna ha perdido la vida por intentar AYUDARME! ¡Me siento tan MAL!

Vale que Brianna no era perfecta, ¡pero ojalá hubiera sido mucho más buena con ella! Y ojalá le hubiera dicho lo mucho que la quería.

Damos por sentado que aquellos a los que queremos de verdad siempre estarán ahí y un día, de repente, desaparecen de tu vida.

Han troceado toda la planta Brianna y la han arrojada a la chimenea, pero he podido salvar una hojita y guardármela en el bolsillo.

¡Es TODO lo que me queda de ella! ¡¡☹!!

Con enorme tristeza, he cumplido el último deseo de Brianna y la he regado.

¡Con mis propias LÁGRIMAS!

¡YO, CON LO POCO QUE QUEDABA
DE BRIANNA EN LOS BRAZOS!

¡¡☹!!

PERDIENDO EL JUICIO...
EN TODOS LOS SENTIDOS

Ha llegado el momento del juicio y, lógicamente, ¡estaba más que asustada! ¡¡☹!! Sir Halcón me ha puesto grilletes en brazos y piernas y me ha sacado de las mazmorras. Se debía de sentir culpable, porque me ha dicho: "Lo siento mucho por vos muchacha. Detesto mi trabajo, pero lo necesito para poder COMER".

Me he quedado mirándole la barriga enorme y redonda. Costaba imaginar que pudiera llegar a morir de hambre, incluso si se quedaba SIN comer un mes.

"Vuestro juicio empieza dentro de media hora e inmediatamente le seguirá vuestra ejecución. Están preparando la guillotina".

"¡¿La GUILLOTINA?!", he chillado. "Pero ¡¿y si me declaran INOCENTE?!".

"¡La Reina de Corazones es implacable! ¡Y despiadada! Os ejecutará salga lo que salga en el juicio. Que os declaren inocente no cambiará nada".

"¡Pero eso NO es justo!", he gritado. "¡Nadie me ha dicho que me iban a ejecutar después del juicio aunque me declaren inocente!".

"¿Qué queréis decir? ¡Os lo acabo de decir yo!", ha dicho sir Halcón mirándome como se mira al más tonto de los tontos.

Se ha sacado una docena de *nuggets* de pollo del casco y se los ha ido metiendo en la boca de uno en uno. Se ha chupado los dedos, ha eructado como un buey y ha hecho un gesto triste con la cabeza.

"Escuchadme, doña pelagatos. Someterse al sistema judicial de la reina es como si agarráis por la cola a un dragón que lanza fuego por la boca... ¡¡acabáis FRITA!!".

¡Estaba PERDIDA! ¡¡☹!! El corazón me latía tan fuerte y tan deprisa que me parecía oír su eco por las escaleras frías y húmedas. He ahogado un grito cuando de pronto ha aparecido MacKenzie de la nada, riendo con una risa de, er... ¡BRUJA MALA!

"¡ASESINA!", he gritado. "¡¡¿POR QUÉ?!!".

"¿QUE POR QUÉ? ¡PORQUE YO SERÉ LA REINA DEL PAÍS DE LOS CUENTOS DE HADAS! PERO ANTES TENGO QUE ELIMINAROS A TI Y A TODOS LOS DEMÁS RENEGADOS QUE TANTO MOLESTÁIS!"

"Pero ¿por qué los renegados?", he preguntado. "¿Qué te han hecho?".

"¡Siempre andan por los bosques, metiendo las narices en lo que no les importa y entrometiéndose en MI plan maestro!", se ha quejado MacKenzie.

"Querrás decir ayudando a los demás, intentando hacer realidad sus sueños y haciendo del País de los Cuentos de Hadas un lugar mejor!", he dicho.

"¡Lo que quieras! ¡Pareces una tarjeta de felicitación barata! ¡Los regios eran unos niños mimados aburridos y egocéntricos hasta que llegaste TÚ! ¡Ahora se han empeñado en convertirse en héroes!", ha gritado MacKenzie. "¡Dan ASCO!".

"MacKenzie, TÚ eres una niña MIMADA egocéntrica y sedienta de poder! ¡Y además das asco!".

"¡Lo dices como si fuera algo MALO! Tardé una ETERNIDAD, pero al final había conseguido que los regios y los renegados se odiaran entre ellos. ¡Y a ELLOS MISMOS!".

"Y va y llegas tú y lo estropeas todo. ¡Por eso ahora vas a perder la cabeza, colega!".

"Si yo no te puedo detener, ¡alguien lo hará por mí!", le he dicho sin apartar la vista de sus ojos malvados.

"Eso te lo crees tú. ¡Ya tengo a mi servicio a la Reina de Corazones y al mago! ¡Y no tardaré en cargármelos! Y la tonta e incompetente de tu hada madrina Brianna ¡ha acabado convertida en una buena ENSALADA! ¡Pobrecita, no jugábamos la misma liga!".

Cuando ha mencionado a la pobre Brianna, se me ha hecho un nudo en la garganta y he contenido las lágrimas. ¡☹!

¡¡MacKenzie era la ENCARNACIÓN DEL MAL!!

Pero ya sabía que ni la Reina de Corazones ni el mago me iban a creer, ni siquiera aunque les contara su diabólico plan.

"Bueno, yo ya me voy, que tengo asiento de primera fila para una ejecución. ¡Y no quiero hacer esperar a la reina!", ha dicho entre risas.

El patio central del castillo estaba a reventar
de espectadores y el ambiente era casi festivo.

En el centro había una tarima. Sobre ella, el trono
de la reina estaba a unos tres metros de una gran
guillotina que seguro que había diseñado ella misma.

Tenía forma de corazón y estaba recubierta
de purpurina y globos y corazones rojos y rosas.

¡Era simplemente PRECIOSA! ¡☺!

Para una mente enferma, oscura y demencial, claro. ¡☹!

He subido a la tarima y me he presentado ante
la reina, temblando de miedo.

La reina ha sonreído y se ha dirigido a la multitud.

"¡Damas y caballeros! Aquí tenéis a la persona más
sanguinaria, cruel y malvada de todos los tiempos.
¡Y NO me refiero a mí misma! Me refiero
a... ¡ELLA!", ha dicho mientras me señalaba
melodramáticamente con su cetro.

Todos los presentes han emitido un grito ahogado y algunos me han abucheado.

"Con la autoridad que me da ser vuestra reina, jueza y jurado, condeno a Nikki Maxwell a ser inmediatamente ejecutada por el delito de traición y...".

El rey le ha dado unas palmaditas en el hombro. "Disculpad que os interrumpa, querida, pero ¿y el juicio? Para ser justos, primero hay que celebrar...".

"¡Este es MI tribunal!", ha gritado. "¡Y puedo hacer lo que me venga en gana! ¡¿Lo entiendes?!".

"¡Sssí, que-querida!", ha balbuceado el rey.

"Pero, ya que insistes, ¡celebraremos un juicio!", ha dicho entonces con dulzura. "El primer testigo al que quiero llamar es al Panadero Paco".

Sorprendido, el Panadero Paco ha subido a la tarima.

"Dime, Paco, ¿qué estabas haciendo tú hace dos días, mientras Nikki Maxwell estaba maniobrando a escondidas para corromper a la juventud de este reino?", ha preguntado la reina.

"Er, ¡ni idea! Pero me paso el día horneando", ha dicho encogiéndose de hombros. "No entiendo muy bien por qué me habéis llamado a declarar, porque nunca la había visto antes...".

"¿Y qué horneas?"

"Rollos de canela. Y magdalenas", ha contestado Paco.

"¡Me CHIFLAN las magdalenas! ¿Sabes hacer esas con corazoncitos encima? ¡Son mis preferidas!".

"Pues sí, hago de esas", ha contestado Paco.

"¿Y también sabes hacer de las que van rellenas de sabrosa crema?"

"¡Sí, esas también las hago!".

¿Qué tenían que ver las magdalenas CONMIGO? La reina estaba más loca de lo que creía.

"Ahora responde, panadero: ¿harías una magdalena rellena de crema y con forma de corazón para una criminal despiadada que estaba animando a la juventud a ¡¡IR CONTRA LAS NORMAS Y PERSEGUIR SUS SUEÑOS!!?", ha gritado la reina al Panadero Paco.

"Er... pues... creo que mis intenciones en aquellos momentos estaban muy lejos de semejante posibilidad...", ha balbuceado Paco, muerto de miedo.

"¡Gracias, Panadero Paco! ¡Ya he terminado! Ya habéis oído al testigo. Declaro a la acusada, Nikki...".

Como no podía seguir allí parada escuchando tantas tonterías, he interrumpido a la reina.

"¡Alteza, con todos los respetos, PROTESTO!", he dicho. "¡Vuestro veredicto no es justo y este juicio tampoco! ¡Lo único que quiere el pueblo de este reino es ser feliz! Y lo único que yo intentaba hacer era...".

"¡Protesta RECHAZADA!", ha rugido la reina.

Tras lo cual se ha levantado y ha gritado...

"¡NIKKI MAXWELL, TE DECLARO CULPABLE
DE TRAICIÓN! ¡¡QUE LE CORTEN LA CABEZA!!"

Enseguida me han rodeado cuatro guardias reales para llevarme hasta la guillotina.

¡MADRE MÍA! ¡Estaba a punto de desmayarme!

MacKenzie sonreía como una loca y me decía adiós con la mano.

"¡Disculpa, querida! ¿No nos estamos precipitando un poco?", ha mascullado el rey. "A lo mejor hay testigos que saben lo que realmente...".

"¡Os lo suplico, Alteza! ¡¡Cometéis un gran error!! ¡Os lo ruego, dejadme que os explique lo que ocurrió!", he implorado desesperada.

"¡SILENCIO!", ha gritado la reina. "¡¿Alguno de los presentes osa desafiar mi orden de ejecución?!"

De tanto silencio se podía oír el vuelo de una mosca.

De pronto, alguien ha carraspeado y ha contestado: "¡Alteza, OS DESAFÍO! ¡Liberad a la princesa o tendréis que responder ante MÍ!".

¡No podía creer lo que veía ni lo que oía! ¡El príncipe
Brandon había venido a rescatarme! ¡¡☺!! ¡YAJUUU!

"¡Las Princesas Protectoras os exigimos que liberéis a Nikki!", han gritado tres chicas. ¡Eran Blancanieves, Rapunzel y la Bella Durmiente, haciendo de las Tres Mosqueteras! ¡☺!

"¡Liberad a Nikki o ateneos a las consecuencias!",
han gritado Ricitos de Oro y Caperucita Roja
(con un fantástico cambio de imagen, por cierto).

"¡MADRE MÍA! ¡Estaba TAN contenta de ver a todos mis amigos! ¡Y al parecer habían venido totalmente preparados para dar GUERRA!

He mirado entre la multitud con la esperanza de ver la sonrisa grande y tonta de Brianna. Pero Brianna NO estaba, y me ha vuelto a invadir una tristeza infinita.

La Reina de Corazones se ha levantado y ha vociferado: "¡GUARDIAS, DETENEDLOS! ¡Los quiero a todos vivos para poder EJECUTARLOS de uno en uno!".

He mirado con asombro cómo las Princesas Protectoras y Brandon inmovilizaban a media docena de guardias del palacio.

Las tres iban montadas sobre la silla de ruedas de Blancanieves con las espadas desenvainadas, y Brandon las empujaba de un lado a otro del patio del castillo. Parecían un toro de tres cuernos sobre ruedas.

Cuando se han dado cuenta de que tenían las de perder, MacKenzie y la reina han intentado escapar.

¡Pero Caperucita Roja y Ricitos de Oro las han detenido a tiempo!

"¡GUARDIAS! ¡ATRAPAD A ESTAS DOS! ¡YA!",
ha chillado la reina.

Ha aparecido un fornido guardia de casi dos metros, ha
mirado a Caperucita y a Ricitos y se ha reído. "¿Creéis
que podéis luchar CONMIGO?", se ha burlado. "¡Que
cesta más bonita! ¿Me vas a arrojar magdalenas? ¡Uy,
qué miedo! Venga, enséñame qué llevas ahí."

Caperucita Roja le ha dado un cestazo directo.

¡PLAF! ¡¡El hombre ha caído redondo al suelo,
aullando de dolor!!

"¡Qué DAÑO! ¿Qué había en la cesta? ¡¡¿PIEDRAS?!!".

"¡No, magdalenas hechas por Caperucita", ha dicho
Ricitos de Oro. "¡Duras como piedras!".

Aprovechando la distracción de las dos chicas,
MacKenzie se ha lanzado sobre mí armada con
la varita. Pero Brandon la ha visto venir y se ha
interpuesto de un salto entre las dos, extendiendo
los brazos para detenerla...

¡¡EL PRÍNCIPE BRANDON, INTENTANDO PROTEGERME DE LA BRUJA MALA DEL OESTE!!

Me he sentido muy agradecida cuando el príncipe Brandon ha aparecido para protegerme de MacKenzie, pero ahora era él el que estaba en peligro inminente.

"¡Apartaos, príncipe Brandon, u os arrepentiréis!", ha amenazado MacKenzie.

"Sois VOS la que os arrepentiréis si no os apartáis", ha dicho, avanzando un paso hacia ella.

"¡FÍJATE!", se burló. "¡Mira qué principito más VALIENTE nos ha salido! Pero ya veremos lo valiente que sois cuando seáis verde, midáis diez centímetros y saltéis por el pantano comiendo MOSCAS!".

"¡NO!", he gritado. "¡Esto es un asunto entre tú y yo, MacKenzie! ¡Ya he perdido a Brianna y no pienso permitir que hagas daño a más gente inocente!".

"¡Ah, claro, ya sé!", ha dicho con una sonrisa malvada. "¡¿Por qué no os transformo en rana a los DOS?! ¡¡Sería tan ROMÁNTICO!!".

Nos ha apuntado con la varita, pero antes de que pudiéramos reaccionar, un halo de luz verde refulgente ha brotado de otra varita y ha creado una espesa niebla.

Y, cuando se ha levantado la niebla...

BRIANNA (¡SÍ, BRIANNA!),
¡¡TRANSFORMANDO A MACKENZIE EN RANA!!

Cuando he visto a Brianna, me he sentido tan feliz que he roto a llorar.

¡La he abrazado más fuerte que NUNCA! ¡Ya no esperaba volver a verla con vida!

Le he preguntado sobre el disfraz de planta y me ha explicado que lo ha abandonado en cuanto ha visto que MacKenzie sospechaba algo.

El guardia había troceado una pobre planta de interior, ¡pero no a Brianna!

¡Después se había dedicado a buscar por todas partes a mis amigos para que le ayudaran a rescatarme de la Reina de Corazones!

¡Brianna me había salvado la vida!

En un momento se han plantado allí una cuarentena de guardias del Reino del Príncipe Azul, y justo a tiempo.

La reina y su corte han sido puestos bajo arresto

domiciliario para ser llevados ante el rey y ante el Consejo del País de los Cuentos de Hadas, que dictarán su castigo.

"¡Príncipe Brandon, ¿QUÉ hacéis vos AQUÍ?", le he preguntado por fin en respuesta a su brillante sonrisa.

"Bueno, después de vuestra bonita arenga sobre la importancia de perseguir los sueños, decidí emprender una misión muy peligrosa para devolver un objeto de valor incalculable a la princesa más bella del reino".

"¿Ah, sí? ¿Y cómo fue?", he preguntado, algo molesta.

Aunque me costaba reconocerlo, me sentía un poco celosa de esa princesa, quienquiera que fuera.

Con lo bien que lo habíamos pasado juntos en el baile, y al parecer su interés ya estaba en otra parte.

"Bueno, aún no estoy seguro", ha dicho el príncipe Brandon mirándome con expresión divertida.

Yo la verdad es que no le veía la gracia por ninguna parte.

Entonces ha hecho una reverencia caballeresca y me ha dicho...

"PRINCESA NIKKI,
HE ARRIESGADO MI VIDA VALIENTEMENTE
POR VOS. Y AHORA ES UN GRAN HONOR
PARA MÍ DEVOLVER ESTO A SU LEGÍTIMA
PROPIETARIA".

"¡Mi zapato de cristal! ¡Muchísimas gracias, príncipe Brandon!", he dicho riendo. "Los zapatos son LO más importante que hay en la vida. Y, si no lo creéis, preguntadle a Cenicienta ¡O a MÍ!".

Era una tontería, pero todo el mundo se ha reído y el príncipe Brandon y yo, los que más.

Daba gusto ver cómo los renegados y los regios habían seguido mi consejo. Y no solo se habían puesto a perseguir sus sueños; también se habían hecho amigos.

Todos parecían mucho más felices que cuando los conocí. ¡Bueno, casi todos! El encantamiento anfibio que Brianna le ha hecho a MacKenzie iba a durar veinticuatro horas. Teníamos que empezar a despedirnos.

Caperucita Roja, Ricitos de Oro, Blancanieves, Rapunzel y la Bella Durmiente me han abrazado de una en una y me han prometido una visita a mi "reino lejano".

Brandon era el único que parecía presentir la verdad. Que NUNCA más nos veríamos...

¡SALVO EN OTRA VIDA!

Pero no nos importaba en absoluto.

Porque TODO EL MUNDO sabe que en los cuentos de hadas el príncipe y la princesa SIEMPRE viven...

¡FELICES PARA SIEMPRE!

¡¡☺!!

¡OTRA VEZ ATRAPADA EN EL PAÍS DE LOS CUENTOS DE HADAS!

Cuando Brianna y yo nos hemos presentado ante el Consejo del País de los Cuentos de Hadas para preguntar por mi regreso a casa, nos han dado muy malas noticias. Ningún usuario de magia del reino tenía suficiente poder para enviarme de vuelta a otro mundo. ¡Ni siquiera el Mago de Arroz! De hecho, el mago no tenía ningún poder mágico. Era un montaje de alguien que se ponía un disfraz de mago, igual, igual que en el cuento del Mago de Oz.

La verdad es que, después del susto con la Reina de Corazones y la Bruja Mala del Oeste, ¡contenta tenía que estar de seguir con vida! Pero aún echaba mucho de menos a mi familia y amigos, y se me partía el corazón solo de pensar que no volvería a verlos.

Me ha intrigado ver a Brianna arrastrando un enorme libro cubierto de polvo que era casi tan grande como ella. Lo curioso es que me resultaba SUPERfamiliar. Al final me he dado cuenta de que ¡era el mismo libro que mi profesora de lengua había traído a clase!

"¡Muy bien, Nikki! ¿Estás lista para volver a casa?",
ha sonreído Brianna.

"Brianna, ¡¡no me DIGAS que me puedes enviar de
vuelta a casa!!", he gritado excitada. "¿No decías
que no tenías suficiente poder para eso?".

"Bueno, para transportar a alguien a otro mundo hace
falta magia avanzada. Pero he estado estudiando este
libro y creo que he dado con un encantamiento que
nos podría servir. ¿Preparada?".

El saber que POR FIN volvía a casa me ha dejado
muy confusa, porque me daba un poco de pena irme.
He abrazado con fuerza a Brianna y le he dado
las gracias por salvarme la vida.

"¡Allá vamos, Nikki! ¡Ponte aquí delante!", me ha dicho.

> "Nikki Maxwell nos ha salvado
> de la forma más brillante:
> por eso te pido ahora:
> ¡mándala a casa al... al...".

"MÁNDALA A CASA AL... ¿MOMENTO?... ¿AL MINUTO?, ER... ¡¿AL CAER LAS DOCE?!"

Brianna se ha reído nerviosa y se ha puesto a agitar la varita una y otra vez, pero no pasaba nada. Le he lanzado una mirada fulminante. ¡NADA impresionada!

Brianna se ha enfadado tanto que ha golpeado
el suelo con la varita gritando...

¡La varita se ha roto y la estrella ha salido
despedida como un misil teledirigido!

Por desgracia, mi CARA volvía a estar donde no debía y cuando no debía.

Apenas recuerdo lo que ha pasado después...

El encantamiento de Brianna no ha funcionado,
¡¡pero el contratiempo con su varita SÍ!!

¡¡CONSCIENTE OTRA VEZ!!

"¡Mirad! ¡Creo que ya vuelve en sí!", ha dicho una chica cuya voz se parecía mucho a la de ~~Zoey~~ Caperucita Roja.

"¡Menos mal!", ha dicho otra chica cuya voz se parecía a la de ~~Chloe~~ Ricitos de Oro. "¡Al menos no está en coma!"

"Una cosa... ¿es normal que se retuerza así?", ha preguntado una chica cuya voz se parecía a la de la Bruja Mala del Oeste. "¡Me recuerda a la cucaracha moribunda que vi en la ducha del vestuario de chicas! ¡Ahora no sé cuál da más ASCO!".

"¡CÁLLATE, MacKenzie!", han gritado las dos chicas a la vez.

"¡Esto se lo has hecho tú!".

"¡Sí! ¡Un poco más y la matas!".

He abierto los ojos despacio, lo justo para intentar ver algo en el círculo de rostros borrosos que me miraban desde arriba...

Y de pronto me he asustado. "¡NO! ¡La BRUJA MALA nooo! ¡¡SOCORROOO!!, gritaba en pleno delirio.

"¡¡RATAS!! ¡¡Las MAZMORRAS están llenas de
RATAS!! ¡La Reina me va a cortar la CABEZA!".

He empezado a agitar manos y brazos como si
hubiera una tormenta de balones prisioneros.
"¡Por favor, que alguien detenga LOS BALONES!"

"¡Cálmate, Nikki, cálmate!", me decía Chloe.
Colocándome dos dedos delante, ha añadido: "Intenta
centrarte, ¿vale? ¿Cuántos dedos hay aquí?".

"¿Dedos? ¡Yo solo veo orejas de conejo!", he
murmurado, mirando hacia su mano borrosa.

"¡Pobrecita!", ha dicho Zoey, apretándome el brazo.
"¡Esto es por el golpe! ¡Pero no te preocupes, todo
irá bien! Confía en mí. Cierra los ojos, relájate
y respira hondo, ¿vale?".

"¿Dónde estoy?", he preguntado medio inconsciente.
"¿Dónde están los munchkins? ¿Aún estoy en el País de
los Cuentos de Hadas? ¡Que alguien pare las paredes!".

Chloe ha perdido la paciencia.

"¿País de los Cuentos de Hadas? ¿Munchkins? Nikki, ¡déjate ya de tonterías!", me ha gritado histérica sacudiéndome por los hombros con todas sus fuerzas. "¡Quiero que vuelva mi amiga sin daños cerebrales!".

"¡Para, Chloe!", la ha reñido Zoey. "¡Si la sigues sacudiendo como si fuera un salero, seguro que tu sí que le produces daños cerebrales!".

"¡Ups! ¡Lo siento!", se ha disculpado Chloe.

"Nikki todavía está un poco desorientada", ha explicado la profa de EF. "Pero parece que no se ha roto nada. Ayudadla a levantarse a ver si se siente mejor".

Chloe y Zoey me han cogido cada una por un brazo y me han ayudado a levantarme.

"¡Gracias, amigas, no sé qué haría sin vosotras!", he dicho, sintiendo las lágrimas agolparse.

"Nikki, ¡somos nosotras las que no sabemos qué haríamos sin TI!", ha dicho Chloe sorbiéndose los mocos.

"¡Sí! ¡Nos hemos asustado tanto al verte caer!", ha añadido Zoey, enjugándose una lágrima.

Las dos me han dado un abrazo de oso y han gritado...

"¡¡TE QUEREMOS, NIKKI!!
¡¡ERES LA MEJOR BFF DEL MUNDO!!"

A los pocos minutos me ha desaparecido por fin el mareo y he empezado a encontrarme mejor.

¡Y no te lo pierdas!

¡Había tenido el sueño más LOCO de mi VIDA!

¡Sobre cuentos de hadas!

Mientras pensaba en lo real que me había parecido el sueño, he notado que alguien me miraba sin dejar de ensortijarse un mechón de pelo en el dedo...

¡¡Era MACKENZIE! ¡¡☹!!

"¡OH, CIELOS, Nikki! ¡No sabes cuánto me alegro de que estés bien!", ha dicho plantándose una sonrisa falsa en la cara. "Estaba SUPERpreocupada por ti. ¡Menudo susto me he dado cuando he visto cómo corrías contra esa pelota después de que se me escapara de las manos! ¡Qué accidente más tonto!".

La clase entera la ha fulminado con la mirada. ¡Lo mentirosa que llega a ser!

"¡¿QUÉ pasa?! ¿Por qué me miráis? ¡Yo no he hecho nada! ¡Si casi ni te he tocado!", ha balbuceado.

"Pues yo diría que tus últimas palabras han sido: "¡Eh, Maxwell! ¡Chúpate esta!", ha dicho Zoey. "¿No te suena?".

"¡Tú calla y no te metas en lo que no te importa!", ha escupido MacKenzie. "¡CONTIGO no hablo!".

"Con ella no, pero tendrás que responder ante el director Winston", le ha dicho la profa de EF con tono grave. "Lo he visto todo, Hollister. ¡Tu comportamiento ha sido completamente INACEPTABLE! ¡Irás al despacho del director a explicarle tus acciones!".

"¡NO! ¡¡No puede enviarme al despacho del DIRECTOR!!", ha aullado MacKenzie. "¡Si quedase reflejado en mi expediente, me lo arruinaría! ¡NO es justo! ¡Se lo diré a mi padre y...".

¡¡P||||||||||P!!

277

Con el silbatazo de la profa, MacKenzie se ha callado por fin y ha dejado de protestar.

"MacKenzie Hollister, elige: o vas AHORA al despacho del director o vas DESPUÉS de dar cincuenta vueltas corriendo al gimnasio, ¡tú eliges!".

MacKenzie se ha puesto roja de rabia.

"¡Maxwell! ¡Eres una auténtica... PEDORRA!", ha dicho casi sin aliento mientras salía a zancadas del gimnasio.

"¡MacKenzie, lo dices como si fuera algo MALO!", he contraatacado. "Pero, ya sabes que yo soy ¡pedorra PEDORREICA!".

"¡Se merece totalmente un castigo!", ha gruñido Zoey.

"¡Para el resto del CURSO!", ha mascullado Chloe.

La profa ha llamado a mis padres, les ha explicado lo que había pasado y les ha dicho que en principio yo estaba bien.

Pero, mientras tanto, todos estaban de acuerdo en que no costaba nada ir a la enfermería aunque solo fuera para observación.

A mí ya me parecía bien.

Con todo lo que había pasado, la idea de relajarme en una camilla de la enfermería con mi diario sonaba más que apetecible.

Después de cambiarnos de ropa, Chloe y Zoey me han acompañado hasta la taquilla.

Luego nos hemos dirigido a la enfermería.

Y entonces ha aparecido alguien corriendo por el pasillo y llamándome a gritos.

"¡NIKKI! ¡NIKKI! ¡He oído lo que ha pasado...!".

¡Era ~~el príncipe~~ Brandon!

Me ha cogido las manos y me ha mirado a los ojos...

"¡NIKKI! ¡ESTABA MUY PREOCUPADO!
¡¿ESTÁS BIEN?!"

¡MADRE MÍA! ¡Eso ya lo había vivido! ¡Era casi como si hubiéramos compartido otra vida juntos!

"Tranquilo, Brandon, estoy bien. Pero ¡gracias por preguntar!", he dicho riendo.

¡Brandon es tan simpático! Y la forma en que ha reaccionado a lo de mi accidente en el gimnasio ha sido tan... ¡DULCE! ¡Y ROMÁNTICA!

¡¡¡YAJUUUU!!! ¡¡¡☺!!! ¡Chloe y Zoey casi se derriten y se convierten en dos charcos melosos de emoción!

Lógicamente, a MacKenzie no le ha gustado nada de aquello. No sé por qué está tan celosa de mi amistad con Brandon.

Después de clase, el castigo de tres días que el director Winston le ha puesto a MacKenzie por "comportamiento poco deportivo" andaba en boca de todo el mundo. Los castigos suelen contribuir al embellecimiento del instituto. ¿Y qué mejor lugar para embellecer que las duchas de las chicas?

¡¡MACKENZIE, LIMPIANDO LAS DUCHAS DE
LAS CHICAS COMO PARTE DE SU CASTIGO!!

Aquel comentario mezquino que había hecho sobre mí en el gimnasio no me había gustado nada, pero tenía razón en una cosa: ¡en el baño de chicas había cucarachas!

¡¡¡PUAJJ!!! ¡Debía de ser el trabajo MÁS asqueroso del mundo!

¡La verdad es que me daba pena y todo, la pobre! ¡☹!

¡¡PARA NADA!! ¡¡☺!!

Esa chica me ha señalado y puesto en ridículo sin piedad delante de TODO el insti por el negocio de mi padre.

Pero, a juzgar por el número de bichos que vi trepándole, ¡me parece que tendrá que hacer alguna llamada al Servicio de Control de Plagas Maxwell!

Es una idea...

¡¡☺!!

Después de mi FIASCO con los cuentos de hadas,
estaba exhausta mental y físicamente.

He tenido que beberme un refresco con gas de un
trago para reunir la fuerza suficiente para poder
caminar desde la parada del autobús hasta casa.
Si no, creo que me habría desplomado y quedado
dormida en el jardín de entrada de la señora
Wallabanger.

¡MADRE MÍA! ¡Estaba TAN contenta de poder
llegar a mi HOGAR! Supongo que nunca había pensado
que podía perderlo.

¡Lo primero que he visto es que mi despertador
~~desaparecido~~ robado estaba sobre la mesa de la cocina!

Y a su lado había un sándwich y una nota a MI nombre.

También he visto un par de coletas con pasadores
de plástico rosa con forma de flor asomando
por el marco de la puerta...

YO, ¡¡MUY FELIZ Y ALIVIADA
DE HABER VUELTO A CASA!! ¡¡☺!!

Sin saber por qué, todo parecía diferente.

En cierta forma... ¡MEJOR!

Estaba superimpaciente por volver a mi habitación
y acostarme en mi camita.

Hasta tenía ganas de ver a mi padre y a mi madre.
Pensaba darles un gran abrazo a cada uno, porque sí.

Y, aunque había TEMIDO tanto lo de escribir un
cuento, ¡en mi cabeza había ahora tantas historias
con tantos detalles emocionantes de MIS aventuras
que creía que iba a REVENTAR!

¡MADRE MÍA! Tenía suficiente material
para escribir un libro. ¿Qué digo, un libro? ¡Una
COLECCIÓN entera!

¡Me iba a ganar un sobresaliente seguro!

Total, que he abierto la carta a mi nombre y enseguida
he reconocido la mala letra de Brianna en rotulador
morado...

YO, LEYENDO LA CARTA DE BRIANNA

La carta decía...

Qerrida Nikki:

¡Pruebalo! ¡Te gustará! ¡¡☺!!

Te escribo esta carta para pedirte perdón. Cuando te enfadas conmigo, pones la cara de papá cuando olio aqella mofeta escondida en el garage. Y me pone tirste. Tu cara, no la mofeta que echa peste.

¿Aun estas enfadada? Marca la respuesta: SI NO

Si estás enfadada, perdón por llevarme tu despetador, llamarte ladrona de sanbiches, jugar a juegos con tu móvil y dibujar encima mi cara bonita, y porque yame a la Princesa Hada de Azúcar.

No la encontré y me salió un señor que se llamaba Moe muy mal educado. Dijo que si yamaba otra vez llamaria a la policía.

Y yo no quiero eso porque no se si en la karcel ponen nujets de pollo.

Y entoces me moriría de hambre, y no sería nada divertido. ☹

Por eso te he hecho este sanbich, porque pienso en ti. ¡Espero que te guste!

Eres mi mejor amiga. Despues de la señortita Penelope y la Princesa Hada de Azucar.

¡¡Pero eres la hermana MÁS MEJOR que tengo!! ¡¡☺!!

Te qiero,
Brianna

¡Madre mía! ¡Nunca habría imaginado que una carta de disculpa podría tocarte la fibra sensible, hacerte brotar lágrimas Y TAMBIÉN hacerte reír!
¿Y TODO a la vez?

¡Era tan de...

Brianna!

Al final he decidido probar su estúpido sándwich. Sobre todo porque se había esforzado en hacerlo especialmente para mí.

Total, un mordisquito tampoco me iba a matar, ¡¿NO?!

He cerrado los ojos y he intentado coger el sándwich gomoso y pegajoso sin morirme de asco.

Pero cuando me lo acercaba a la boca, el olor de los pepinillos y la mantequilla de cacahuete juntos me han dado ganas de vomitar.

¡¡PUAJ!! ¡¡☹!!

"¡No lo pienses y COME!", me he dicho a mí misma mientras iniciaba una cuenta atrás.

"Cinco... cuatro... tres... dos...". Un sudor frío me ha inundado la frente. "¡UNO!".

Le he dado un buen mordisco y me lo he tragado lo más deprisa que he podido.

"MADRE MÍA", he gemido. ¡NO podía creer lo que me estaban diciendo a gritos mis papilas gustativas!

¡¡Ese sándwich estaba BUENÍSIMO!!

Le he dado otro mordisco. ¡Y otro!

¿Cómo era humanamente posible obtener todos esos sabores juntos en un solo sándwich? ¡Era el mejor sándwich que había probado en la VIDA!

Brianna seguía mirándome desde el marco de la puerta.

"¡Brianna! ¡Ven aquí AHORA MISMO!", le he gritado con la boca aún llena.

Se ha asomado tímidamente a la cocina. "¿Quién? ¿Yo?".

"¡Sí, TÚ!", he respondido.

Se me ha acercado, se ha cruzado de brazos y se ha puesto a mirarse los pies nerviosa.

Y yo la he abrazado muy fuerte.

Supongo que la ha pillado por sorpresa, porque se me ha quedado mirando y parpadeando como si yo fuera un monstruo de dos cabezas o algo por el estilo.

"¡Eres la hermana MÁS MEJOR que tengo!", le he dicho riendo. "¡Y este es el sándwich MÁS MEJOR del mundo!".

"¡Te lo dije!", ha contestado con una gran sonrisa.

¡Sí, tenía que reconocerlo, tenía razón!

"¡Muy bien, Brianna!", le he dicho.

Este se encontró el PAN
este, la MANTEQUILLA

este JALEA trajo
este, otra COSILLA

todos, todos lo probaron
pinchándolo con un PALILLO

y hay que ver cómo disfrutaron
¡del sándwich de PEPINILLO!

¡Me peleo con Brianna porque a veces puede ser una niña muy MIMADA!

Pero, después de lo de hoy, empiezo a apreciar sus virtudes. Es lista, monísima, amable, creativa y tiene un gran corazón.

Pero, sobre todo, ¡SIEMPRE está cuando la necesito!

Como hermana mayor, ¡he tenido mucha suerte!

Y hay una cosa segura: Brianna es MUCHO MEJOR haciendo sándwiches que como hada madrina.

BRIANNA Y YO,
COMPARTIENDO SU SÁNDWICH BUENÍSIMO ¡¡☺!!

En fin, ¡hoy ha sido el día más LOCO de mi VIDA!

Pero lo bueno es que ¡he tenido mi final feliz!

Gracias a Brianna y a todos los que de verdad se preocupan por mí. ¡☺!

Eso sí: si me vuelven a GOLPEAR en la cara UNA sola vez, ¡¡no respondo de mí misma!!

¡Es broma!

¡¡¡PARA NADA!!!

¡Lo sé... lo sé!

¡¡Soy tan PEDORRA!!

¡¡☺!!

Rachel Renée Russell es una abogada que prefiere escribir libros para preadolescentes a redactar textos jurídicos. (Más que nada porque los libros son mucho más divertidos y en los juzgados no se permite estar en pijama ni con pantuflas de conejitos.)

Ha criado a dos hijas y ha vivido para contarlo. Le gusta cultivar flores de color lila y hacer manualidades totalmente inútiles (como un microondas construido con palitos de polos, pegamento y purpurina). Rachel vive en el norte de Virginia con un yorki malcriado que cada día la aterroriza trepando al mueble del ordenador y tirándole peluches cuando está escribiendo. Y, sí, Rachel se considera a sí misma una pedorra total.